Y Tebot

Express

Nofel Ni BT

BT Bob Tro yw ymgyrch BT i hyrwyddo gwasanaethau Cymraeg i'r rhai sy'n dewis cynnal eu busnes drwy gyfrwng y Gymraeg.

Er mwyn derbyn bil ffôn Cymraeg neu i drafod trwsio neu brynu, ffoniwch 0800 800 288 – Llun i Sadwrn, 8.00 y bore - 6.00 yr hwyr.

Galwch 118404 am wasanaeth ymholiadau rhifau ffôn.

BT Bob Tro – Defnyddiwch eich Cymraeg.

Argraffiad cyntaf: Mai 2003

ⓗ *Meinir Pierce Jones/Gwasg Carreg Gwalch*

Rhif Llyfr Safonol Rhyngwladol: 0-86381-825-0

Cynllun clawr: StrataMatrix, Aberystwyth

Gwnaed y nofel hon yn bosibl gyda chydweithrediad y canlynol:
y disgyblion a'r athrawon o'r 17 o ysgolion a fu'n rhan o'r cynllun arloesol i greu nofel Gymraeg i bobol ifanc ar y we
Meinir Pierce Jones, awdures
Alun Jones, golygydd
Myrddin ap Dafydd, Gwasg Carreg Gwalch
Caryl Lewis, StrataMatrix

Diolch hefyd i Ann Beynon a Ceri Fitzpatrick o BT am eu cefnogaeth.

Argraffwyd a chyhoeddwyd gan Wasg Carreg Gwalch,
12 Iard yr Orsaf, Llanrwst, Dyffryn Conwy, LL26 0EH.
Ffôn: 01492 642031
Ffacs: 01492 641502
e-bost: llyfrau@carreg-gwalch.co.uk
lle ar y we: www.carreg-gwalch.co.uk

NOFEL NI BT

Yn ystod y blynyddoedd diwethaf mae BT wedi bod yn un o'r cwmnïau preifat mwyaf blaengar o ran defnyddio'r Gymraeg.

Datblygwyd y brand BT bob tro fel ymgais fwriadol i hyrwyddo'r ymwybyddiaeth o'r gwasanaethau Cymraeg sy'n cael eu darparu ar gyfer y cwsmeriaid sy'n dymuno defnyddio'r Gymraeg wrth gysylltu â BT.

Trwy gyfrwng BT bob tro mae'r Cwmni yn cydweithio gyda'r prif fudiadau, y sefydliadau a'r cyfryngau Cymraeg er mwyn hyrwyddo'r ymwybyddiaeth ymhlith y siaradwyr Cymraeg.

Mae natur a demograffeg y Cymry Cymraeg yn newid ac mae'r twf ymhlith y bobl ifanc sy'n medru'r iaith yn rhoi cyfle i gwmnïau gyfathrebu â tho newydd o siaradwyr Cymraeg sydd wedi derbyn addysg cyfrwng Cymraeg. Erbyn hyn mae cyfartaledd uchel o'r siaradwyr hyn yn byw mewn cartrefi dwyieithog ac mae angen dyfeisio dulliau newydd i'w cyrraedd yn ychwanegol i'r rhai traddodiadol yn unig.

Mae Nofel Ni BT yn enghraifft o ddyfeisgarwch ymgyrch BT bob tro i gyrraedd pobol ifanc a rhoi'r cyfle iddynt ddefnyddio'r Gymraeg ar y dechnoleg newydd. Bu'r diddordeb yn fawr a'r ymateb yn wych. Canlyniad y cyfan yw Tebot Express, nofel arloesol a luniwyd gan bobol ifanc o 17 o ysgolion uwchradd Cymru. Mae'r nofel yn greadigol, yn brofiad mewn technoleg ac uwchlaw popeth bu'n hwyl i bawb a fu'n rhan ohono.

Mae dyled BT yn fawr i'r awduron, y rhai fu'n llywio'r prosiect – yn arweinydd, golygydd, cyhoeddwr a chydlynydd. Gobeithio y cewch chi hwyl ar ei darllen naill ai mewn print neu ar y wefan www.nofelnibt.com.

Ann Beynon
Rheolwraig Cenedlaethol Cymru BT

Awduron y nofel hon:

Berwyn Ifor Jones – Ysgol Brynrefail
Llinos Catrin – Ysgol Brynrefail
Bethan Griffith – Ysgol Syr Hugh Owen
Llio Non Evans – Ysgol Syr Hugh Owen
Sara Orwig – Ysgol Tryfan
Trystan Kent – Ysgol Tryfan
Tom Blumberg – Ysgol Bro Morgannwg
Elena Cresci – Ysgol Bro Morgannwg
Miriam Isaac – Ysgol Bro Morgannwg
Bethan Willets – Ysgol Bro Morgannwg
Sara Williams – Ysgol Penweddig
Mair Lenny – Ysgol Penweddig
Adam Thomas – Ysgol y Berwyn
Lois Prysor – Ysgol y Berwyn
Naomi Toothill – Ysgol Gyfun y Strade
Abigail J Davies – Ysgol Gyfun y Strade
Euros Lake – Ysgol Eifionydd
Ifan Roberts – Ysgol Eifionydd
Ioan Gwilym – Ysgol Eifionydd
Megan Jones – Ysgol Dyffryn Ogwen
Elin Gwyn – Ysgol Dyffryn Ogwen
Mari Morgan – Ysgol Maes yr Yrfa
Gwenllian Edwards – Ysgol Maes yr Yrfa
Rhiannon Mair Lewis – Ysgol Bro Myrddin
Sion Ifan – Ysgol Bro Myrddin
Caryl Haf Davies – Ysgol Tregaron
Mari Elin Morgan – Ysgol Tregaron
Lynwen Haf Roberts – Ysgol Uwchradd Caereinion
Guto Llwyd Lewis – Ysgol Uwchradd Caereinion
Ceinwen Bowen Jones – Ysgol Gyfun Rhydfelen
Morgan Isaac – Ysgol Gyfun Rhydfelen
Rebecca Morgan – Ysgol Gyfun y Cymer
Rhian Pugh – Ysgol Gyfun y Cymer
Kate Jones – Ysgol Maes Garmon
Angharad Lois Gwilym – Ysgol Maes Garmon
Non Haf Davies – Ysgol Glan Clwyd
Gwenno Williams – Ysgol Glan Clwyd
Elin Lloyd Pritchard – Ysgol Glan Clwyd

Diolch i
Meinir ac Alun
am ysbrydoli'r tim.

Diolch hefyd i'r Urdd am bob cydweithrediad
wrth lansio'r gyfrol yn Eisteddfod Tawe, Nedd ac Afan.

pennod 1

Chwythai gwynt o'r dwyrain wlân trwchus y defaid a orchuddiai'r caeau o amgylch y maes carafanau. Yng nghanol y maes safai twlc o garafán oedd yn weddol newydd. Uwchben y garafán dawnsiai fflag yr Unol Daleithiau yn wyllt. Tu mewn i'r garafán sefydlog eisteddai Brad, yr Americanwr a oedd newydd ddod yn rheolwr Y Tebot Aur, hen gaffi ar gyrion Aberystwyth, a chan mai rheolwr y cwmni Americanaidd 'Yr Express Corporation' oedd, byddai'r enw'r lle yn newid nawr i fod yn Tebot Express. Roedd ar bigau'r drain wrth aros am yr agoriad bore wedyn am y byddai'n gyfle iddo anghofio ei orffennol. Roedd Brad wedi gwneud pethau dwl iawn ar hyd y blynyddoedd, pethau nad oedd yn falch ohonyn nhw, a doedd ganddo ddim bwriad i rannu ei gyfrinachau di-ri gyda phobl yr ardal yma.

Twbyn reit dew, gyda gwallt affro oedd Brad. Doedd e heb garu neb ond fe ei hun (a byrgyrs) erioed. Byddai'n hiraethu am ei gartref yn ôl yn yr Unol Daleithiau yn aml, ond doedd e ddim am adael Cymru eto. Roedd y caffi ar fin agor, ac roedd cynlluniau mawr yn blodeuo yn ei feddwl.

* * *

Disgleiriai'r haul llachar dros Aberystwyth tra dawnsiai'r awel ysgafn rhwng strydoedd llydan y dre. Byrlymai'r siopwyr o un siop i un arall, tra rhuai'r ceir heibio ar frys. Ymhellach allan o'r canol, wrth y siopau mawr, parciodd Brad y Mercedes yn y maes parcio newydd sbon, tu allan i'r Tebot Express. Wrth iddo gerdded i mewn i'r caffi tarodd arogl byrgyrs a chŵn poeth ef yn syth.

"M-m-m!" ebychodd. "Yr arogl melys o lwyddiant yn cyffroi fy ffroenau, man."

Y tu ôl i'r cownter safai menyw drigain oed, gyda mop o wallt pinc, a sigarét yn hongian rhwng ei bysedd. Herciodd yn araf o amgylch y cownter i lanhau'r byrddau.

"Sut mae Gwen! Ydy'r fenyw brydfertha yn Aberystwyth yn cael bore neis?" gofynnodd Brad. "Ma hi'n ddiwrnod ffandabidosi."

"Os wyt ti'n dweud," sibrydodd Gwen, mewn llais siomedig. Roedd hi wedi torri ei chalon ar ôl clywed mai cwmni Americanaidd oedd wedi prynu'r caffi. Penderfynodd ddal ati i weithio yno oherwydd roedd y busnes wedi bod yn y teulu ers blynyddoedd. A beth bynnag, doedd ganddi ddim byd arall i'w wneud. Rywsut, roedd yn braf jest gweithio heb y cyfrifoldeb o fod yn berchennog hefyd.

"Rŵan te, diffodd y sigarét na. No one smokes in California, any more, honey. A bydd y wasg leol yn cyrraedd toc. Glanha'r byrddau i gyd a gwna'n siŵr fod digon o fyrgyrs i suddo'r Titanic ar y cownter na," gorchmynnodd Brad ar ôl sylweddoli faint o'r gloch oedd hi.

Glanhawyd y byrddau, a choginiwyd y nifer angenrheidiol o fyrgyrs, mewn llai na hanner awr, diolch i declynnau newydd y cwmni. Roedd pob peth yn barod erbyn hyn, ac roedd y caffi newydd yn edrych yn hynod drawiadol. Brad oedd wedi trefnu'r agoriad swyddogol i gyd, fel bod dim byd yn gallu mynd o'i le.

Roedd mor bwysig bod y caffi yn llwyddo. Credai Brad y byddai agor y caffi newydd mewn steil yn denu mwy o gwsmeriaid yn y dyfodol ac felly roedd e wedi rhoi'r gorchymyn i bob un o'i staff gyrraedd awr o flaen llaw. Edrychodd o gwmpas ond ni welodd neb, heblaw am Gwen a oedd yng nghornel pella'r gegin yn smocio unwaith eto. Dechreuodd Brad banicio.

"Ble mae fy staff i, man?" gwaeddodd mewn tymer echrydus. "Dylen nhw fod wedi cyrraedd ers oesoedd."

"Dwi'n gwbod fod Tomos ar ei ffordd," dywedodd Gwen i dawelu'r Americanwr gwyllt.

Tomos oedd ŵyr Gwen, ac roedd e wedi cytuno i helpu yn y caffi dros wyliau'r haf eleni eto.

"Dydy hyn ddim yn ddigon da! Wyddoch chi lle ma'r hogan Blodeuwedd na?" gofynnodd Brad, mewn panig llwyr.

"Mae Blod ar ei ffordd hefyd. Ffoniodd hi fi neithiwr i ddweud y bydde hi ychydig yn hwyr. Peidiwch â phoeni, fe fydd pawb yn siŵr o ddwli ar eich caffi newydd chi," dywedodd Gwen yn llawn dychan.

Mae'r amser wedi dod. Mae hi'n bryd i wneud rhywbeth, meddyliodd Mela wrthi ei hun, gan dywys Norman y tarw lawr Heol y Brenin. Tu ôl i'r anifail parciwyd tractor glas, enfawr a thanc llawn dop o ddom gwartheg. Ar ganiad ei chwiban gorymdeithiodd hi a'i brawd, Dafydd, i lawr y stryd lydan.

"Dim cig tramor! Dim cig tramor!" sgrechiodd Mela a phawb yn syllu'n syn arni. Dechreuodd Norman y tarw frefu, fel petai'n cytuno â'r ffarmwraig wallgof a oedd yn ei ddal yn dynn wrth yr aerwy i'w arwain. Erbyn iddi hi a'i tharw, a'i thractor gyrraedd gwaelod y rhiw, roedd Brad allan ar y stryd yn gwylio'r holl halibalŵ yn dod tuag ato. Dyfalodd yn syth pwy oedd yn dod i'w gyfarfod gyda'r tarw. Roedd llythyron di-ri gan Mela wedi cyrraedd y caffi bob dydd ers iddyn nhw ddechrau adeiladu.

"Beth yn y bydysawd wyt ti'n gwneud?" gofynnodd Brad yn uchel.

"Ca dy ben, y diawl. Cer nôl i America i werthu dy fyrgyrs stêl di." Roedd Mela yn neidio mewn gwallgofrwydd erbyn hyn. "Mae gen i anrheg fach i ti. Dyma Norman. Tarw gore'r sir. Mae e wedi ennill sawl gwobr yn Llanelwedd dros y blynyddoedd, a dwi'n siŵr dy fod yn ddigon parod i edrych ar ei ôl e i fi."

Credai Brad mai jôc oedd y cyfan. Ond cyn iddo allu dweud dim roedd Mela'n tywys y tarw i mewn drwy ddrysau'r Tebot Express!

"Don't give me that shit, baby. Dos o ma ar unwaith, cyn i mi alw'r cops," llefodd Brad yn uchel mewn panig llwyr.

Trodd Mela at ei brawd a oedd yn eistedd yn sedd y tractor a chwibanodd yn uchel. Dechreuodd yntau yrru'r tanc yn agosach at ddrws y caffi. Aeth Mela yn syth ar y biben gan ei chodi ac anelu at y ffenestr.

"Dyma shit o safon blydi ffantastig i ti, y bwbach!" gwaeddodd cyn gadael Brad yng nghanol y caca.

"Chi'n gwbwl annheg! Ma pob cwsmer yn y lle di câl beth ma nhw'n moyn ond do?" atebodd Ceri ei fòs newydd yn gadarn.

Roedd hi'n ddiwedd y dydd a'r staff i gyd ar eu gliniau rhwng yr holl lanhau caca a choginio byrgyrs. Ac er bod Ceri yn hwyr yn cyrraedd, a'i fod yn edrych fel y creadur mwya di-lun dan haul efo'i wallt hir mewn cynffon, a'r tyllau ym mhengliniau ei jîns, roedd e wedi slogio'i gyts allan drwy'r dydd.

Roedd hynny'n fwy nag y medrai neb ei ddweud am ei fêt Max, yn anffodus. Fel roedd Brad wedi sylwi.

"Sorry sonny boy, ond ma dy ffrind wedi pi-pi ar ei sglodion, fel y byddan nhw'n deud. Ma na sawl cwsmer wedi gadael achos bod eu harchebion nhw'n oer neu'n anghywir! Gee whiz, fedra i ddim fforddio colli cwsmeriaid fel hyn."

"O dewch mlân. Rhowch un siawns arall. Neith e drio'i ore, ond gnei di Max? O cmon, sut oedden ni fod wybod nad oedden ni'n cael gwisgo tlyse heb eu gorchuddio nhw? Dyw un dydd ddim yn ddigon i ddangos llawn botensial rhywun! Cmon. Un siawns arall i Max, plîs!"

"Dwi ddim am gymryd y fath ddigywilyddod. Gwrthod gorchuddio modrwyon ar y trwyn a'r aeliau wir! Dach chi blant Cymru yn waeth na'n rhai ni nôl adref. Chi really yn mynd ar y nerfau i. Dach chi'n meddwl ych bod chi'n mynd i newid meddwl y bòs, well dream on! Mae o wedi cael y sac ac mae hynny'n final! Does neb yn mynd i newid fy meddwl i. Iawn!"

Tra oedd y rhain i gyd yn paldaruo, eisteddai Max yn y

gornel yn dawel fel ci a'i gynffon rhwng ei goesau. Roedd y swydd yma'n mynd i fod yn ddalen newydd! Hy, roedd Ceri wedi rhoi perswâd arno fel arfer gyda'i agwedd bositif. Ar y bore y cafodd Max y swydd roedd ei fam wedi llwyddo i roi sylw i'w phlentyn am bum munud er ei bod yn wraig fusnes mor brysur. Roedd hi wrth ei bodd fod Max yn ei dilyn i fywyd 'business and global corporation.' Roedd hi'n mynd ar nerfau Max gan ei bod hi'n gymaint o worcaholic. Ie, wel y ganolfan waith amdani eto fory.

"Dach chi Americanied yn credu gallwch chi fynd i unrhyw le chi'n moyn a gweud shwt mae pethe i fod. Ddoe Irac, heddi Aberystwyth. A chi'n disgwl i ni ddiolch i chi, a'ch caru chi! Winning hearts and minds, ife? Wel os ych chi'n saco Max chi'n saco fi. Deall!"

"Sori, ond ti'n aros reit lle wyt ti. Dwi'n reit hapus gyda dy waith di heddiw ma. Dwi wedi rhoi swydd i ti a dyna fe! Wyt ti am gael byrgyr, Max? Na? Wel, allan o fy restaurant!"

Cerddodd Max yn benisel i gyfeiriad y drws. Edrychodd yn ôl ar Ceri, yna, troi ei gefn main tuag atyn nhw, ei ddwylo yn ei bocedi, ac allan ag e drwy ddrws y Tebot Express. Biniodd ei ffedog las yn y bin sbwriel ar ochr y ffordd. Cronnodd y dagrau yn llygaid Ceri. Tynnodd ei ffedog a'i sathru ar y llawr cyn rhedeg i'r toiled gan slamio'r drws ar ei ôl. Aeth Brad yn ôl i'w swyddfa gan ganu 'Hard Days Night' gan y Beatles.

Eisteddodd Ceri ar sedd y toiled. Rhoddodd ei wyneb yn ei ddwylo gan feddwl am Max druan. Daeth dyn canol oed i mewn i'r toiled a chlywed sŵn snwffian uchel.

"Os rhywun i mewn yn fan na? Chi'n olreit?"

Agorodd Ceri ddrws y toiled a cherdded allan yn araf.

"Odw, dim ond tipyn o glwy gwair."

"O, dwi'n gweld," meddai'r dyn gan sylwi ar y tatŵ blodyn a Heddwch wedi ei sgrifennu arno ar fraich Ceri. "Flower power, ife?"

"Dwi'n diodde'n ddrwg o glwy'r gwair, iawn. Dyw e'n ddim byd i neud â ngwleidyddiaeth i. A dyw e'n ddim byd i neud â chi."

Yn ei dymer, ac er syndod i'r cwsmer, rhwygodd Ceri y peiriant sebon oddi ar y wal a diferodd y sebon yn un sblodj pinc persawrus ar lawr y stafell ymolchi.

"Hei Gwen! Sut wyt ti'n defnyddio'r peiriant hufen iâ ma? Mae'n disgyn yn swyrli i gyd ar 'y nhrowsus Reebok i!"

"Paid â gofyn i fi, chan! Twbyn a fforc oedd hi yn y Tebot Aur! Ie roedden nhw'n ddyddie da yn yr hen Debot Aur!"

"Hei, Gwen. Dwi ddim eisie clywed dim byd am ddyddiau da'r gorffennol. Y Tebot Express ydy'r dyfodol. Cofiwch chi hynny, plîs, cyn i fi saco chithe hefyd, ex perchennog neu beidio!"

"Dwi'n gweud wrthot ti nawr Blod, dwi'n mynd i stranglo'r Ianc na y funed ma os na gaeith e'i geg!"

"Brad! How do you work the ice cream machine?

"Hei, Blod, dwi wedi dysgu Cymrag felly, rwyt ti'n siarad Cymraeg efo fi ar ôl i fi wneud yr holl ymdrech yn Nant Gwrtheyrn! Ti'n gorfod troi'r côn o amgylch y sgwigl! Ti erioed di gweld un o'r blaen neu beth?" Aeth Blod yn bifish yn ôl at y peiriant ac ymarfer sut i greu yr Hot Fudge Sundae.

"Hei Blod, beth ma'r tacsi'n neud mas fan na amser ma o'r dydd? Gobeithio nad os neb eisie rhywbeth a finne newydd olchi'r llawr ac yn barod i gau!"

"Beth wedest ti, Gwen? Dwi'n methu credu fy nglustiau i! Dach chi'n meddwl bod gan y Tebot Express yr un oriau â'r Tebot Aur? Chi'n jocian! Mae pob restaurant o dan yr 'Express Corporation' yn agor am naw y bore ac yn cau am naw y nos! Fe nes i hynny'n crystal clear yn y cyfweli thing! Interview i chi! Yr unig reswm ni'n cau'n gynt heddiw yw fod y byrgyrs wedi gorffen."

"O fflipin hec! Bydda i'n colli Countdown nawr felly! Hei Blod! Beth ma'r tacsi'n wneud mor agos at y drws! Oedd dim eisie parco mor agos... Sgwlch pwy sy ma! Tomi! Tomi! Ti wedi cyrraedd o'r diwedd!"

"Duw sut dach chi, Nain? Sori bod fi chydig bach yn hwyr. 'Dwi'n gwbod mod i fod yma am dri ond nes i golli'r trên o Bwllheli!"

"On i wedi anghofio popeth dy fod ti'n dod ta beth! Ron i'n gwylio cyngerdd Shirley Bassey pan ffonodd dy fam! Am faint wyt ti'n aros te, Tomi?"

"Naethoch chi wrando ar rwbath ddudodd Mam? Dw i'n aros dros yr ha. Stopiwch alw fi'n Tomi, plîs. Rodd rhaid i fi ddianc o adra rywsut achos rodd Mam a Dad yn gyrru fi'n boncyrs!"

"Ron i'n meddwl fod ti'n edrych mlan i fynd i'r chweched a'r brifysgol! Rodd dy dad wedi gweud fod ti am fod yn ddoctor."

"Dyna be ma Dad isio i fi neud. Ond dwi isio bod yn chef!"

"O rwyt ti'n lwcus te. Ma Brad newydd saco M..." Ar hynny cerddodd Ceri allan o'r toiledau, yn edrych yn flin iawn, ac aeth drwodd i'r gegin.

"Sa'n well i ti fynd i weld Brad, y bòs," awgrymodd Gwen yn dawel wrth Tomos. "Weli di'r swyddfa draw fan co."

Aeth Tomos at swyddfa Brad a chnocio ar y drws. Ar hynny trodd Gwen at Blod a dechrau arogli'r awyr o'i chwmpas:

"Blod, ti'n clywed ogle llosgi?"

"O, Na! Nes i anghofio am y tsips!"

pennod 2

"NESA..."

Cerddodd hogyn hyderus ei olwg i mewn i'r swyddfa. Ymhen eiliadau daeth allan â golwg fel petai wedi gweld ysbryd arno.

"Pob lwc, bach, mae e'n waeth nag Anne Robinson!" meddai wrth y ferch oedd yn eistedd yng nghornel yr ystafell.

"NESA..."

Gwyddai'r ferch mai ei thro hi oedd nawr. Teimlai fod grŵp o ieir bach yr haf yn cynnal parti yn ei stumog. Safodd ar ei thraed, cymerodd anadl ddofn, a chroesi ei bysedd. Wedi agor y drws, sylweddolodd y rheswm pam yr oedd pawb mor ofnus! Tu ôl i ddesg fawr eisteddai'r rheolwr â golwg fygythiol a blinedig iawn arno. Edrychodd e ddim i fyny, dim ond mwmblan y gair:

"Enw?"

"Saran, Mr... ym...?"

"Brad, galwch fi'n Brad. Oed, a'r rheswm pam dylech chi gael y swydd yma?"

Cyn i Saran gael cyfle i agor ei cheg dywedodd Brad:

"Move it, honey. Does gen i ddim amser i'w wastraffu!"

"Dwi'n un deg pedwar. Dwi'n gweithio'n dda da pobl,

ac yn gyfeillgar iawn."

Edrychodd Brad arni am y tro cyntaf. Roedd golwg digon taclus arni, ei gwallt melyn golau wedi ei glymu yn ôl. Yn sicr dim lliw o botel oedd ganddi, roedd hi'n flondan go-iawn. Roedd golwg nerfus arni, yn amlwg yn ceisio ei gorau glas i wenu.

Safai Saran yno gan syllu arno. Wyddai hi ddim beth i'w ddweud nesa. Doedd yna ddim byd arall i'w ddweud, yn wir, heblaw ei bod wedi bod yn fonitor cinio. Ac roedd pob plentyn yng Nghymru bron wedi bod yn fonitor cinio. Gobeithio nad oedd e am ofyn a oedd hi'n hoffi helpu gartre neu byddai'n rhaid iddi ddweud celwydd yn ei wyneb.

Roedd hi ar bigau'r drain eisiau gwybod beth fyddai ei ateb, a'r distawrwydd rhyngddyn nhw'n llawn tensiwn. Yna am y tro cyntaf y diwrnod hwnnw torrodd gwên ar draws wyneb Brad Carmichael... gwên fawr wen Americanaidd. O'r diwedd, rhwng ŵyr Gwen a hon, roedd ei staff yn gyflawn a phethau'n argoeli'n dda am lwyddiant a bonws mawr iddo ar ben cyflog ei fis cyntaf. Wrth i Saran droi i adael ei stafell, pwysodd Brad i roi'r ffan ymlaen ar ei ddesg. Roedd haf Cymru wedi cyrraedd o'r diwedd, ac roedd hi bron mor boeth â'i annwyl Galifffornia. Gallai glywed y chwys yn llifo'n ffrydiau bach igam ogam o dan ei geseiliau.

* * *

Roedd Saran yn deialu ar ei hen Vodafone fawr fel bricsen wrth iddi gerdded allan o'r Tebot Express i'r maes parcio.

"Hai," meddai hi'n daer. "Fi sy ma. Dwi wedi i châl hi!"

"Llongyfarchiade," meddai llais reit flin ar y pen arall. "Dwi'n gobeithio bydd pethe'n newid nawr. Cyflog deche?"

"Anghofies i ofyn," atebodd Saran yn ddiniwed. "Ody siŵr o fod."

"A ti'n symud y stwff na o dy lofft fory, deall? A ti'n talu pob dime yn ôl i fi. Yr holl arian ti wedi câl i fenthyg dros y misoedd dwetha ma i dalu am dy hobi bach afiach."

"Iawn, Mami."

"A na i diwedd hi. Wy ddim yn moyn gweld dim o'r fath beth yn y tŷ ma byth to. Deall?"

"Iawn, Mami."

Tsieciodd Saran faint o gredyd oedd ganddi ar ôl. Dim ond tri deg ceiniog ar ôl gwario ei harian prin i gael row gan ei mam. Gwastraff! Byddai wedi ei chael am ddim petai hi wedi aros nes byddai hi gartre.

I lawr yng nghegin y Tebot Express, roedd Brad yn cael ei holi am weithiwr newydd y caffi.

"Dwi'n gobeithio mai hogan fydd hi!" dywedodd Tomos gan wincio'n ddrygionus i gyfeiriad Blod.

Chymerodd hi ddim sylw ohono, dim ond dweud wrth Gwen, "Dim ond ei fod yn mwynhau rygbi, fe fydda i'n iawn!"

"Dwi inna'n licio rygbi," ychwanegodd Tomos, wrth geisio creu argraff ar Blod. "Tydw, Nain?"

"Breuddwydia mlaen gwboi. Dydy hi ddim yn edrych fel petait ti'n Johna Loumu Aberystwyth!" Chwarddodd pawb, heblaw Tomos. Torrodd Brad ar draws yr hwyl.

"A dwyt tithe ddim yn Delia Smith, Blodeuwedd. So shut it."

Edrychodd Blod yn bwdlyd arno. Châi hi byth anghofio'r ddamwain fach yna efo'r peiriant ffrio sglodion.

"Tomos, gwell dechrau ar y gwersi coginio, man. Bois mae'n rhaid i mi stopio dweud 'man', man!!!" Dilynodd Tomos Brad i gefn y gegin. Yno, roedd na deledu bychan, a phecynnau o fwyd. Doedd dim golwg o fwyd go iawn yn un man. Roedd hyn mor wahanol i'r rhaglenni Dudley roedd ei nain yn eu gwylio, oedd yn llawn cynnyrch Cymreig. Trodd Brad y teledu ymlaen gan ddweud,

"Gwylia'r fideo yma, ac mi fyddi di'n gogydd proffesiynol mewn chwinciad morgrugyn." Dechreuodd Tomos ddilyn cyfarwyddiadau'r fideo, pan sylweddolodd fod Gwen yn edrych dros ei ysgwydd.

"Beth yn y byd?!" holodd Gwen.

"Dwi'n dysgu sut i fod yn gogydd proffesiynol," atebodd Tomos yn llawn balchder. Edrychodd Gwen o'i chwmpas a sylweddolodd am y tro cynta pa mor wahanol oedd y Tebot Express o'i gymharu â'r Tebot Aur! Dim cegin oedd yma bellach, ond ffatri gwneud bwyd yn llawn microdonau. Yn wir edrychai fel petai Tomos yn ceisio coginio darn o blastig yn hytrach na darn o gig. Torrodd Tomos ar draws meddyliau Gwen,

"Wel, be wyt ti'n feddwl o fy myrgyrs i, Nain? Naked Chef eat your heart out!!!"

"Dwi wedi cael fy siomi ynot ti Tomos, yn syrthio i mewn i drap yr hen Brad na. Pe bydde Ena yn medru dy weld di nawr yn coginio'r cardbord na, mi fydde'n ddigon i rhoi haint iddi!" Yn amlwg, doedd Gwen ddim wedi ei phlesio.

* * *

Yn hwyrach y diwrnod hwnnw cerddodd Saran i mewn trwy fynedfa'r Tebot Express. Edrychodd o'i chwmpas, a gwelodd hanner dwsin o gwsmeriaid wrthi'n bwyta. Cerddodd at y cownter lle safai bachgen, tenau efo'i wallt wedi ei glymu'n ôl, tipyn hŷn na hi, yn tecstio'n brysur ar ei ffôn symudol.

"Hylo... Fy enw i yw Saran, fi yw... ym... aelod newydd y staff."

"Ooo, haia cariad, shwd mae? Ceri dwi, dere drwyddo i'r cefen." Dilynodd Saran Ceri tuag at ddrws y gegin. O'i blaen gwelodd Tomos yn paratoi byrgyrs gyda help fideo, a Gwen yn parablu wrthi hi ei hun ac yn golchi'r llawr. Roedd Blod yn gwrando ar ei discman, wrth iddi lapio'r byrgyrs – doedd yr un ohonyn nhw wedi sylwi ar Saran yn sefyll wrth y drws. Wedi peth amser yn sefyll yno'n syllu, dywedodd, "Helo?"

Cyn iddi gael cyfle i ddweud rhagor, trodd Blod ati gan ddweud:

"Mae'r caffi allan fan na. Rwyt ti yn y gegin nawr rhag ofon bod ti ddim wedi sylweddoli!"

Y munud hwnnw rhuthrodd Brad i mewn i'r gegin, gyda gwên aruthrol yn ymestyn o glust i glust.

"Rwy'n gweld bod chi wedi cyfarfod Saran, aelod newydd o'n giang bach lyfli ni!" ebychodd. Edrychodd y "giang bach lyfli" yn syn ar Saran. Fel arfer Blod oedd y gynta i agor ei cheg.

"HI?" holodd. Cyn iddi gael y cyfle i ddweud rhagor torrodd Tomos ar ei thraws.

"Wel, hylo!" dywedodd wrth symud ei lygaid i fyny ac i lawr ei chorff! Edmygai'r gwallt hir melyn, a'r llygaid glas mawr – a gâi eu cuddio y tu ôl i'w sbectol drwchus.

Gwisgai grys-T glas a oedd yn amlwg wedi cael ei olchi gant a mil o weithiau. Ar ei thraed roedd pâr o Ddoctor Martins. Dewis gwael o sgidiau yng nghanol yr haf! Ceisiodd Blod beidio chwerthin ar ymateb Tomos i'r ferch newydd yma. Sôn am "cheek"!

Ond roedd Blod hithau yn sbïo hefyd, mewn ffordd wahanol i Tomos ac yn pwyso a mesur yr aelod staff newydd. Roedd hi wedi gobeithio am weithiwr cŵl newydd i fod yn fêt iddi – i rannu hwyl a chyfrinachau. A beth oedden nhw wedi'i gael? Roedd y ferch ma, y Saran ma, yn dipyn bach o geek, ym meddwl Blod.

Trodd a cherdded drwodd i stafell y staff. Roedd ganddi hi bum munud o amser paned ar ôl a doedd hi ddim am ei wastraffu yn y gegin. Eisteddodd yn blwmp wrth y bwrdd. Roedd hwn yn mynd i fod yn haf hir a diflas, meddyliodd hi, gyda Gog oedd yn meddwl ei fod yn perthyn i Casanova, dynes efo pink rinse oedd yn hanner ei addoli, pen bach o fòs a geek. A dim ymarferion rygbi hyd yn oed i edrych ymlaen atyn nhw. Syllodd i mewn i'w choffi. Dim ond tri munud ar ôl. Ond doedd dim awydd y ddisgled arni. Roedd hi'n rhy boeth i yfed coffi.

"Hei, babe!" Cododd Blod ei phen ac edrych o'i hamgylch. Dyna lle safai Tomos yn edrych arni ac yn wincio'n bryfoclyd.

"Oh! Ti'n siarad â fi?"

"Wel, pwy arall?"

"O plîs!" atebodd Blod!

"Ocê, bab... Ym..." Eisteddodd Tomos wrth ei hymyl ac amneidio drwy ffenest wydr y caffi. "Ti'n gweld y dyn yna draw fan acw. Dyma'r trydydd diwrnod yn olynol iddo fod ma rŵan! Bob bora am naw, daw trwy'r drysa!

Pwy wyt ti'n feddwl ydy o? Hei falle mai stalker ydy o!"
Chwarddodd y ddau. O'r diwedd roedden nhw'n cytuno ar rywbeth!

"Ffansïo dy fam-gu di mae e," atebodd Blod. "Ac ma hi'n sicr yn dotio arno fe!..."

O fewn tridiau, roedd Saran yn dechrau difaru cymryd y job. Er doedd dim dewis arall ganddi. Roedd pethau wedi mynd i'r pen rhyngddi hi a'i mam. Ac roedd hi wir, wir angen yr arian.

Efallai na fyddai pethau wedi bod cweit mor ddrwg pe na bai'r tywydd wedi bod mor boeth. Ac roedd y shifftiau mor andros o hir. Erbyn amser cinio llenwai arogl byrgyrs, sglodion a sothach seimllyd ffroenau Saran a gweddill y criw gan droi eu stumogau a glynu yn eu dillad a'u gwalltiau. Y Tebot Drewllyd ddylai ei enw fod, meddyliodd.

Wrth sefyll yn stond am eiliad yn ceisio nabod y bobl oedd wedi archebu'r sbesials roedd hi'n eu cario allan, a gweld y caffi'n chwyrlïo o'i chwmpas, roedd Saran yn bendant na fuasai'r twll o le ma byth yn pasio tystysgrif Iechyd a Diogelwch. Roedd gormod o weithwyr yn mynd o dan draed ei gilydd a dim trefn. Pwy oedd yn gyfrifol am beth? Doedd Saran ddim yn siŵr iawn, a doedd hi ddim wedi cael hyfforddiant o fath yn y byd. Doedd yr amser paned ddim yn ddigon hir i yfed paned heb sôn am ofyn cwestiynau na dod i nabod neb yn iawn. A doedd hi ddim yn siŵr pwy roedd hi eisie dod i'w nabod eto, beth bynnag.

Ond alle hi ddim peidio â sylwi ar Ceri. Roedd e mor wahanol o'r fodrwy aur drwy ei ael i'r tatŵ ar ei fraich. Ac roedd e'n ymddwyn yn hollol manic ac yn byddaru clustiau'r caffi i gyd yn siarad ar dop ei lais. Gallai ei glywed e wrthi'r funud ma.

"Dau cheeseburger. Iawn, cariad!"

"Ga i glirio dy fwrdd di, cariad?"

"Cael diwrnod da, cariad!"

Safai Brad wrth ddrws ei swyddfa'n gwgu ac roedd Ceri'n gwbod yn iawn bod y bòs ddim yn rhyw bles iawn. Cynyddodd y tensiwn wrth i Ceri stopio ar ganol cymryd archeb, tynnu ei Nokia 64 arian allan a derbyn ac anfon tecst. Daeth Brad allan fel ergyd o wn.

"I'n swyddfa i. RŴAN," bytheiriodd Brad yn ei lais John Wayne a dyna'r ddau ohonyn nhw'n diflannu i'r cefn yn union fel dau gowboi yn brasgamu allan o'r salwn i gael showdown. Dim ond twll colomen oedd y swyddfa na wir, ond roedd gorchymyn i Ceri fynd i'w swyddfa wedi swnio'n dda o flaen y cwsmeriaid.

Toc, clywodd Saran lais Brad yn gweiddi nerth esgyrn ei ben:

"Fy sioe i ydy hon a does dim isio primadonas fel ti arna i."

"Ocê, dy sioe di yw hi, ond cofia di, fi a'r criw ma sy'n cadw'r cwsmeried yn hapus," atebodd Ceri yn bwdlyd.

"Dim mwy o'r tecstio, dim mwy o alw cwsmeriaid yn 'cariad' a dim mwy o'r agwedd dwi'n becso mo'r dam am neb, yn y lle yma. Dos o ngolwg i," meddai Brad, yn derfynol.

Cerddodd Ceri allan yn dawel, ond os oedd tensiwn yno cyn hynny, roedd llawer mwy nawr. Cymaint o densiwn a dweud y gwir fel na allai unrhyw un yn ei iawn bwyll ei ddiodde. Doedd pethau ddim wedi bod yn iawn ers i Brad roi'r sac i Max ar y diwrnod cyntaf un. Er bod

25

hynny wedi digwydd ddyddiau cyn i Saran gyrraedd roedd y lleill yn dal i fwydro am y peth. Trueni ei bod hi ddim wedi gweld beth ddigwyddodd!

I goroni'r cyfan, pwy frasgamodd mewn i'r Tebot Express y prynhawn hwnnw yn crychu ei drwyn ac yn edrych fel petai'n well ganddo fod yn y Ritz, ond tad Tomos yn ei siwt ysblennydd a'i dei smart. Roedd Saran wedi meddwl mai ditectif oedd e ar y dechrau!

"Tomos, adre y munud yma. Dwi'n ei feddwl o."

Taranodd llais cras, awdurdodol tad Tomos dros y lle. Roedd ei wyneb mor goch â'r sôs coch a gâi'r cwsmeriaid ar eu byrgyrs seimllyd. Digon i droi stumog asyn.

"Mae dy fam yn aros amdanat ti yn y car. Dydy'r lle ma ddim yn ffit i rywun fel ti," cyhoeddodd yn awdurdodol. Ar y gair, pwy gerddodd i mewn i'r stafell ond seren y sioe, Gwen ei hun.

"Mam!" meddai wrthi. "Chi sydd ar fai yn hudo Tomos ni i weithio mewn siwt syrcas gyda'r rapsgaliwns hyn. Rydan ni wedi ei fagu o i betha gwell na hyn. A dach chi'n rhy hen i weithio mewn caffi byrgyrs, a dydi gwallt pinc ddim yn ych siwtio chi, a dach chi'n drewi o sigârs," taranodd unwaith eto.

Doedd dim angen i Gwen ddweud gair, roedd ei hwyneb yn dweud y cyfan. Edrychai fel pe bai am roi llond ceg i'w mab, ond wnaeth hi ddim. Yn lle hynny cerddodd at y cownter gyda photel sôs coch enfawr yn ei llaw. Rhoddodd y botel wrth ei ochr ar y cownter. Anelodd. Gwasgodd. Saethodd yr hylif coch yn syth at wyneb ei mab. Bullseye! Dechreuodd pawb weiddi a sgrechian. Roedd y llawr yn goch fel brwydr waedlyd a'r awyr yn gochach fyth gan regfeydd. Dihangodd Tomos i'r drws cefn ar ôl cyhoeddi'n bendant: "Dwi ddim yn dwad adra efo chi. Sa'n well gin i gael y Sars feirys."

Cliriwyd yr annibendod, mopiwyd y llysnafedd coch ac ymddiheurwyd i'r ychydig gwsmeriaid oedd wedi bod yn ddigon dewr i aros. Yn raddol diflannodd y tensiwn ac aeth pawb yn ôl at eu gwaith. Ond roedd cwsmeriaid yn swil o ddod i mewn a Brad yn amlwg yn gweld eisiau sŵn tincial arian yn y til. Goleuodd ei wyneb unwaith eto wrth weld criw mawr swnllyd yn dod i mewn.

Hwrê! Roedd yr archeb yn anferthol o fawr, yn wir roedd y ciw yn ymestyn o un ochr i'r caffi i'r llall. Roedd Brad ar ben ei ddigon wrth weld llond y lle o ffermwyr ifanc, brwdfrydig a llwglyd yn llenwi ei gaffi. Mi wna i'ch godro chi, gyfeillion, meddyliodd!

Gweithiodd pawb gyda'i gilydd fel morgrug a chyn hir roedd pecynnau taclus yr ordors yn barod mewn pentwr, wedi eu lapio ac yn barod i'w bwyta. Perffaith! Ond cyn i Brad gael cyfle i agor ei geg a chymryd arian y ffermwyr, fe gerddon nhw i gyd mas, neidio i mewn i'w Toyotas a 4x4s a sgrialu rownd y gornel.

"Defnyddia gig eidion Cymreig yn dy fyrgyrs, yr Ianci bach," meddai'r ola cyn clepio drws ei Land Rover. Rhedodd Brad ar ôl y Land Rover, ond dyna i gyd a welodd oedd wynebau iach, gan gynnwys un Mela, yn chwerthin yn wallgo y tu ôl i'r slogan "Mae Ffermwyr Ifanc wrthi mewn Welis."

Beth allai o wneud â'r holl fyrgyrs?

"Byrgyrs i bawb o bobl y byd!" gwaeddodd Gwen gan afael yn yr un agosa ati a dechrau bwyta'n awchus. O leia, mi ga i sbario gwneud swper i Tomos a fi, meddyliodd.

Edrychai'r criw ifanc y tu ôl i'r cownter arni'n syn gan

fod paratoi'r bwyd afiach wedi troi ar eu stumogau nhw ers oriau. Cymerodd hi un arall. Ac un arall. Ond yna'n sydyn dyma hi'n newid ei lliw, nes bod ei hwyneb gwelw'n clashio efo'i gwallt pinc golau. Cododd a hencian yn frysiog i gyfeiriad y tai bach.

"Yr hen a ŵyr?" meddai Tomos gan edrych ar ei hôl. "Sgersli bilîf."

Chwarddodd pawb ond Brad oedd wedi diflannu i'r cefn i gyfri faint o arian roedd e wedi ei golli gyda stynt y Ffermwyr Ifanc.

Ac er bod ganddi biti dros Gwen roedd Saran yn chwerthin cymaint â neb, achos ynghlwm wrth y chwerthin hwnnw roedd y teimlad braf o ddechrau dod i berthyn.

pennod 3

Eisteddodd Blod yn sipian paned o de wrth wylio'r bobl yn rhuthro heibio ffenest y Tebot Express. Roedd rhai dyddiau wedi mynd heibio ers yr helynt gyda'r Ffermwyr Ifanc a thad Tomos, a phawb wedi setlo i ryw rwtîn digon diflas.

"Oes na rywun yn iste yn fan hyn?" meddai llais distaw o rywle. "Iw hw! Oes na rywun gatre?" meddai'r llais yn uwch.

"Be ti moyn, Saran?" meddai Blod yn ddiamynedd.

"Ti'n meindio os na i iste gyda ti?"

"Os ti'n moyn, Saran. Sdim ots da fi." Y munud yr eisteddodd dechreuodd Saran holi Blod fel pwll y môr: hoff anifail, hoff ganwr, hoff golur, cas berson, cas ddiwrnod, cas fwyd. Ymhen tipyn, pan oedd Saran yn dechrau blino ar atebion unsillafog trodd Blod at Saran gan syllu gyda'i llygaid mawr brown a gofyn:

"Wyt ti wedi hedfan eriôd?"

"Rown i fod fynd i'r Eidal ar drip ysgol, ond roedd da fi ormod o ofon hedfan felly es i ddim," meddai Saran.

"Dwi wedi hedfan unwaith. Ron i wrth fy modd. A dweud y gwir, fe licen i fod yn Air Hostess. Paid â gweud wrth neb. Mae e'n gyfrinach!"

"Waw! Wyt ti wedi bod ar gwrs hyfforddi?" gofynnodd Saran.

"Naddo. Ond dwi wedi dysgu sut i weud 'Helo' a 'Croeso' mewn deuddeg o wahanol ieithoedd."

"Wnei di eu dysgu nhw i fi?" gofynnodd Saran.

Dysgodd Blod Saran sut i ddweud Bonjour, Hola, Ciao, Guten-tag ac Ola. Cerddodd Brad i mewn a golwg flin ar ei wyneb.

"Bonjour Brad. Bienvenue à la Tebot Express!" meddai Saran yn ddireidus.

"Stopiwch baldareuo chi'ch dwy ac ewch i weithio," gorchmynnodd Brad. Cerddodd Saran a Blod yn ufudd i'r gegin gan chwerthin.

"Rydyn ni yn cau, sori sir. Cael diwrnod neis anyhow," meddai Brad.

"Na, fi Tomos sy ma."

"Sut aeth hi ar y cwrs?" holodd Brad gan agor y drws iddo.

"Ddim yn ddrwg," atebodd Tomos gan fynd am y chwistrellwr poeth i wneud paned iddo fe ei hun. Daeth Gwen ato gyda'i bocs glanhau yn ei llaw. Edrychai'n flinedig ar ôl diwrnod arall o olchi lloriau, glanhau y tai bach a mynd â'r biniau allan. Dechreuodd Tomos ddweud hanes y cwrs wrth Brad a Gwen, gan sôn am ymgyrch y mis: 'Y Byrgyr Masif!' Roedd ffigwr targed cangen Aberystwyth yn uchel dros ben. Roedd Tomos yn poeni na allen nhw gyrraedd y nod.

"Gallwn siŵr, dim problem," meddai Brad, "Gwen, dos i ddweud wrth gweddillion y staff am y Byrgyr Masif. Dwed wrthyn nhw byddan nhw'n gorfod gweithio dwbl waith mor galed fory!"

Roedd gweddill y criw yn brysur yng nghegin y Tebot Express yn golchi a sychu'r offer ar ôl diwrnod arall o weini byrgyrs. Herciodd Gwen i mewn i'r gegin a'i gwynt yn ei dwrn. "Mwy o waith i chi nawr gan fod 'y Byrgyr Masif' yn cael eu gwerthu o fory mlaen," meddai hi.

"Beth, cariad? Smo fi'n diall?" gofynnodd Ceri'n ddryslyd.

"Bydd yn rhaid i chi weithio'n galetach fory, er mwyn gwneud yn siŵr fod pawb yn prynu y Byrgyr Masif achos ma'r ffigwr targed yn ofnadwy o uchel," dywedodd Gwen.

"O cachu hwch!" oedd ymateb Ceri.

Dechreuodd pawb drafod ymysg ei gilydd ynglŷn â helynt y Byrgyr Masif. Doedd neb yn meddwl y bydden nhw'n gallu cyrraedd y ffigwr targed o chwarter miliwn.

Wel, hynny ydy, neb ond Brad.

Roedd hi'n fore braf yn y Tebot Express fel ym mhobman arall yn Aberystwyth drannoeth a phawb wedi bwrw ati i weini 'y Byrgyr Masif'. Roedd yr ymgyrch yn mynd yn dda, ac roedd Brad yn credu ei bod yn llwyddiant mawr. Yna daeth criw arall o gwsmeriaid i mewn, ond roedd golwg anfodlon iawn ar y rhain.

"Fedra i eich helpu?" gofynnodd Brad.

"Smon ni'n hapus gyda'r arogl byrgyrs afiach sy'n dod o'r fan hyn bob dydd. Ni'n moyn siarad â'r rheolwr!" meddai un o'r criw.

"Dyma fi. Yours truly Brad Carmichael at eich wasanaeth!"

"Ryn ni eisie cael gwared ar y byrgyrs ma. Maen nhw'n drewi ac yn troi ar stumog pawb call sy'n cerdded heibo!"

"Pwy ydach chi? Does gennych chi ddim hawl siarad fel na gyda rheolwr cangen Aberystwyth o'r Tebot Express!" gwylltiodd Brad.

"Ryn ni'n byw ar draws y ffordd. Rodd fan hyn yn gaffi bach teidi slawer dydd pan odd Gwen ma. A nawr ma rhyw Americanwr fel chi wedi dod a striwo popeth!"

"Hiliaeth! Ceri, Tomos! Ewch â'r bobl ma o fan ma!" gwaeddodd Brad a martsio i ffwrdd. Llwyddodd Ceri a Tomos i ymddiheuro dros Brad a dweud wrthyn nhw am fynd adref yn dawel. Yna, aeth y ddau yn ôl at eu gwaith o weini 'y Byrgyr Masif' tan y daeth Brad a galw Ceri i'w swyddfa.

"Rho'r rhain i'r bobl na sy'n rhwystro ein cwsmeriaid ni rhag dod i mewn. Os ydy'r arogl na yn troi ar eu stumog nhw, dwed wrthyn nhw am chwistrellu hwn," meddai Brad a gwên ddireidus ar ei wyneb.

"Air fresheners?" gofynnodd Ceri. "Ond…"

"Ie, nawr dos," meddai Brad.

Safai'r criw oedd yn byw yn y tai dros y ffordd y tu allan i'r Tebot Express yn rhwystro cwsmeriaid rhag mynd i mewn, gan ddweud bod y lle'n drewi'r ardal.

"Ma'r rhain i chi oddi wrth Brad, y rheolwr," meddai Ceri. "Fydd dim problem nawr. Os os na arogl afiach, chwistrellwch hwn."

"Stwffia nhw i fyny… Dyn ni ddim yn moyn rhyw Americanwr yn drewi'r lle ma. Dych chi ddim wedi clywed diwedd ar hyn, deallwch chi. Fe fyddwn ni'n ôl, cewch chi weld!" meddai un o'r criw yn gandryll cyn taflu eu air fresheners ar y llawr a cherdded i ffwrdd yn wyllt.

Aeth ias annifyr drwy Ceri wrth eu gwylio. Fyddai yntau ddim yn hoffi byw yn un o'r tai gyferbyn â'r Tebot Express chwaith ac roedd e'n gwybod yn iawn gyda phwy roedd e'n cydymdeimlo.

Gan fod Saran yn feji doedd hi ddim yn cytuno o gwbl gydag ymgyrch 'y Byrgyr Masif'. Aeth hi i'w chragen, gan osgoi pawb a doedd hi heb ddweud llawer o ddim wrth neb. Ac fwy na hynny, yn ddistaw bach, roedd hi wedi bod yn brysur drwy'r bore yn gwneud ei byrgyrs llysieuol ei hun.

Doedd neb, yn enwedig Brad, yn gwybod dim am hyn.

Daeth ei shifft goginio i ben, a dechreuodd Saran weini. Pan fyddai pobl yn archebu'r Byrgyr Masif, roedd hi'n rhoi byrgyr feji iddyn nhw. Wedi'r cwbl, lles ac iechyd y cwsmer oedd ganddi mewn golwg.

"Helo, sut galla i eich helpu chi, madam?" gofynnodd Saran i'w chwsmer diweddara, mam flinedig yr olwg gyda thri fandal bach blin wrth ei chwt.

"Tri Byrgyr Masif i'r plant, os gwelwch yn dda," meddai'r fam.

"Fe â i i nôl rhai i chi nawr." Sleifiodd Saran i'r gegin a chydio mewn tri byrgyr feji gan eu rhoi mewn paced Byrgyr Masif. Bu ar y gêm yma am awr a mwy gan wenu bob tro roedd cwsmer arall yn dod i archebu y Byrgyr Masif.

"Tair punt ac ugain ceiniog, os gwelwch chi'n dda," meddai Saran, wrth ei chwsmer ola awr yn ddiweddarach cyn cael toriad am bum munud. Teimlai'n falch iddi fod mor glyfar a meddwl am syniad mor ardderchog. Agorodd y til, a llithro'r papur pum punt i mewn i'r twll hanner gwag, a rhifo'r newid. "Dewch to!" meddai'n selog, gan roi'r newid mân yn llaw y plentyn, cyn troi i fynd drwodd i'r cefn am ddiod oer.

Roedd Blod, ar y llaw arall yn straffaglu i gario cyflenwad newydd o fyrgyrs cig. Gwthiodd heibio i Tomos, a oedd wrthi'n ffrio sglodion, gan chwythu ei gwallt chwyslyd o'i llygaid, a gollwng y bocs trwm ar y bwrdd. Edrychodd i gyfeiriad y drws, a gweld bod tyrfa o bobl a phlant yn dod tuag at y Tebot Express.

"Hei Saran, dere'n ôl. Mae'n stampîd ma. Mae da fi deimlad ei bod hi'n mynd i fod yn amser cinio prysur iawn!" chwarddodd Tomos, a dechrau rhwygo'r byrgyrs o'u pacedi yn barod i'w ffrio. "Falle cyrhaeddwn ni'r ffigwr targed na wedi'r cyfan!"

Safai Brad wrth ddrws y Tebot Express dan wenu o weld y dyrfa fawr ac wrth feddwl am yr holl bres y byddai'n ennill. Ond wrth iddyn nhw agosáu, sylweddolodd nad oedd gwên ar wynebau'r bobl, a'u bod yn gweiddi drosodd a throsodd rhywbeth fel:

"DAU, PEDWAR, WYTH, DEG;
DYDY HYN DDIM YN DEG!
DEG, WYTH, PEDWAR, DAU;
BYRGYRS FEJI DA NI'N CASÁU!"

Gwelwodd wyneb Brad, a chamodd i mewn i'r Tebot, gan edrych o'i gwmpas yn wyllt a mwmial o dan ei wynt.

"Anadla'n ddwfn, mae'n siŵr mai camddealltwriaeth ydy hyn. Wnaiff hyn ddim tarfu ar ymgyrch y Byrgyr Masif. Fe fydd pob dim yn iaw…"

Ond torrwyd ar draws ei feddyliau gan y dyrfa'n stwffio'u hunain drwy'r drws, a thuag at y cownter yn dal i siantio. Ceisiodd Brad gadw rheolaeth arno'i hun cyn bloeddio:

"BE SY'N MYND YMLAEN FAN HYN???" Cafodd ei ateb gan fachgen bychan ar ysgwyddau ei dad cyhyrog.

"Hi nath werthu'r byrgyrs feji i fi," criodd gan bwyntio'n ddigywilydd at Saran. "Un cig efo caws ron i ishe!"

Trodd wyneb Brad yn llwyd, yna'n goch ac yna'n biws

fel eirinen, cyn sgrechen:

"Saran! Dos i fy swyddfa i yn y cefn! Mae dy groen di ar y nenfwd! Dos! Rŵan!" poerodd Brad dros bawb wrth weiddi cymaint, cyn cyfarth:

"Blod!"

"Ie Brad?" atebodd Blod mewn llais bach. Doedd hi ddim am gael ffrae hefyd, oedd hi?

"Dw i'n gadael i ti reoli'r sefyllfa yma am ychydig tra dw i'n siarad â Saran. Rho bres y bobl ma yn ôl iddyn nhw!"

Synnai Brad at ei eiriau ola ei hun. Roedd e'n casáu colli arian. Cerddodd i'w swyddfa'n swnllyd, ond doedd dim ots ganddo. Roedd e mor flin gyda Saran. Roedd hi wedi colli arian iddo fe, ei enw da, ac enw da'r Tebot Express. O oedd, roedd Saran wedi gwneud iddo golli ei amynedd yn llwyr.

Agorodd Brad ddrws ei swyddfa, a'i gau'n glep. Edrychodd ar Saran yn eistedd mewn cadair yn crio'n wyllt. Ond doedd e'n malio dim amdani. Roedd pobl fel hi efo rhyw egwyddorion bach twp yn difetha popeth i bawb arall.

"PAM YN Y BYD WNEST TI HYNNA? WYT TI'N TRIO DIFETHA FY NGYRFA I NEU RYWBETHI? FE FYDD HYN YN CAEL EFFAITH CATASTROFFIG AR YMGYRCH EIN BYRGYR MASIF! WEL? DW I'N AROS AM DY ESGIDS!"

Pe na bai hyn wedi bod mor ddifrifol, fe fyddai Saran wedi chwerthin ar ben Brad oherwydd yr 'esgids', ond yn lle hynny, suddodd i'r gadair, gan geisio meddwl am rywbeth i'w ddweud. Cyn iddi agor ei cheg, baglodd Blod drwy'r drws gan wichian:

"Brad! Brad! Dwi wedi delio â'r dyrfa na..."

"Da iawn, ond dwi'n siarad…"

"Dwi'n gwbod! Na pam dwi ma! Paid rhoi'r sac iddi hi. Damwain oedd hi! Doedd hi ddim yn gwisgo ei chontacts ar y pryd, felly doedd hi ddim yn gallu gweld beth oedd hi'n ei roi yn y byrgyrs!"

Edrychodd Brad o'r naill i'r llall cyn holi,

"Ydy hyn yn wir, Saran?"

Cododd Saran ei phen gan ddangos ei hwyneb coch, gwlyb. Y tu ôl i Brad, roedd Blod yn awgrymu'n ddistaw iddi gytuno. Nodiodd Saran ei phen cyn i Brad ddweud,

"Doeddwn i ddim yn gwybod bod ti angen lensys cysylltiad, Saran. Pam nest ti ddim deud dim byd?" gofynnodd yn benderfynol o beidio ailddechrau gweiddi.

Ceisiodd Saran feddwl am ateb cyflym. Roedd hi yn gwisgo ei chontacts ar y pryd, a phe bai Brad wedi edrych yn ofalus byddai wedi eu gweld. Ond daeth Blod i'w hachub unwaith eto gan ddweud:

"Poeni odd hi, falle y byddet ti ddim yn rhoi swydd iddi petai hi'n dweud y gwir, achos yr apwyntiade â'r optegydd a phethach…"

"O reit. Dwi'n gweled. Mi fyddwn i wedi rhoi'r job i ti beth bynnag, sweetheart. Anyhow, beth am roi heddiw tu cefn i ni a chario ymlaen fel oedden ni. O.K.?"

Nodiodd Saran ei phen yn teimlo'n falch bod ei swydd yn dal ganddi, a dweud,

"O, diolch Brad, newch chi ddim difaru. Wneith dim byd fel hyn ddigwydd to, dwi'n addo. Diolch yn fawr iawn. Fe fydda i'n ofalus o hyn ymlae…"

"Ie, wel gwneud yn siŵr na wnaiff o, achos ti wedi câl un cyfle. And don't you forget it, baby. Wel! Ewch i ffwrdd, da boch, da boch. Mae cwsmeriaid i'w gweini!" Torrodd Brad ar ei thraws gyda'i Gymraeg arbennig.

Gadawodd y ddwy swyddfa Brad gyda gwên, a chyn gynted ag y caeon nhw'r drws, taflodd Saran ei breichiau o amgylch gwddf Blod a diolch iddi.

"Mae'n iawn, Saran. Dwi'n gwbod y byddet ti'n neud yr un peth i fi. Jiawch eriôd ryn ni'n ffrindie, on'd ydyn ni?" chwarddodd Blod. "Nawr wyt ti'n mindo gollwng dy afel ar y ngwddwg i, achos dwi'n meddwl ei fod e'n mynd i gwmpo bant mewn rhai eiliade."

"Sori Blod," meddai Saran gan wrido wrth dynnu ei breichiau oddi arni. "Felly wyt ti wir yn gweud ein bod ni'n ffrindie?"

"Wrth gwrs! Pam? Dwyt ti ddim isie bod yn ffrind i fi?"

"Odw! Y peth yw... y peth yw, dos neb eriôd wedi gofyn i fi fod yn ffrind iddyn nhw o'r blaen," atebodd Saran yn benisel.

"Wel fi newydd wneud! Reit, gwell i ni fynd i syrfo'n cwsmeriaid, neu fe fyddwn ni'n ôl yn swyddfa Brad cyn i ni wneud dim! Dere." Ac i ffwrdd â nhw i ffrio'r byrgyrs – rhai cig y tro yma – a'r sglodion.

* * *

"Welwn ni chi rywbryd to te! Hwyl nawr, Mrs Evans. Ta-ra!" Clodd Blod ddrws y Tebot Express am naw o'r gloch. Roedd hi'n amser cau o'r diwedd. Dechreuodd godi'r cadeiriau ar y byrddau er mwyn cael lle i olchi'r llawr.

Roedd Saran newydd orffen taflu gweddillion y byrgyrs llysieuol i mewn i'r sgip y tu ôl i'r gegin. Ac roedd hi wedi bod yn brysur yn meddwl. Gan fod Blod yn ffrind go iawn iddi, a ddylai hi ddweud ei chyfrinach wrthi. Penderfynodd o blaid hyn cyn dod trwodd i'r caffi, clirio'i llwnc a dweud:

"Blod? Ga i weud cyfrinach wrthot ti?" Croesodd ei bysedd y tu ôl i'w chefn.

"Os ti isie," atebodd Blod gan edrych i fyny o'r mop golchi llawr.

"Rhaid i ti addo peidio â gweud wrth neb te..." dechreuodd Saran.

"Dwi'n addo. Cris croes tân pôth, torri mhen a thorri nghôs. Bodlon?" Gwenodd Blod, gan geisio dychmygu beth gallai cyfrinach Saran fod.

"Ocê." Edrychodd o'i chwmpas i wneud yn siŵr nad oedd neb yn gwrando. "Dw i ishe i ti gwrdd â Llew."

"O ie! A phwy yw'r Llew ma te? Bachgen ife?!" holodd Blod â sglein yn ei llygaid.

"Nage, nage! Wir i ti nawr. Llygoden fawr yw Llew, a dwi wedi bod yn i guddio fe yn y storfa yng nghefen y caffi." Cymerodd Saran anadl ddofn, yn falch ei bod wedi rhannu ei chyfrinach o'r diwedd.

"Beth! Yn rhydd?" gwichiodd Blod.

"Beth ti'n feddwl ydw i? Ma da fi gaets iawn iddo fe, wrth gwrs."

"O sa i'n lico hyn. Os glywith Brad rywbeth am hyn, fe fyddi di mewn trwbl to. Ych Saran," crynodd Blod. "Mae hyn yn afiach! Fe allen ni gâl ein cloi lan os ffeindith unrhyw un mas am hyn!"

"Na wnan, paid â bod yn fabi! Ym... wyt ti ishe'i weld e? Mae e'n annwyl iawn ti'n gwbod."

"Nagw i! Sa i'n lico llygod, yn enwedig rhai mawr!" gwingodd Blod.

"Mi fyddi di'n lico Llew. Dere." Llusgodd Saran Blod i'r storfa gefn, a thuag at y gawell. Ar ôl cyrraedd, tynnodd Saran yr hen gynfas oddi arno, ac ymbalfalu drwy'r llwch llif, gan alw, "Llew? Llew. Dere at anti

Saran." Aeth dwy funud heibio, a dechreuodd Saran gynhyrfu.

"Be sy'n bod? Ody e wedi marw?" sibrydodd Blod.

"Na! Cysgu ma fe," atebodd Saran.

Ar hynny ystwyriodd y lwmpyn o ffwr tywyll ym mhen pella'r caets a dechreuodd y gynffon hir, foel oedd wedi ei lapio am y corff godi a disgyn fel chwip. Agorodd y llygaid duon, caled a rhythu'n amheus ar Blod. Aeth ias drwy'r asgellwraig ddeg stôn a hanner a dechreuodd grynu o'i phen i'w sawdl.

"Ti'n gweld," meddai Saran. "Ma fe'n lico ti. Dyna i fe mas am funud. Ti eisio gafael ynddo fe? Blod? Blod? BLOD?"

"All pethe ddim bod yn wath," dywedodd Ceri mewn llais pryderus wrth weddill y staff. Roedd e'n poeni am y busnes. Doedd pethau ddim yn mynd yn rhy dda gydag Ymgyrch y Byrgyrs Masif. A dim ond i rywun sôn am y digwyddiad gyda'r trigolion o dros y ffordd a byddai calon Ceri yn troi. Gallai ymddwyn weithiau fel petai'n oedolyn wedi mynd â lolipop oddi ar blentyn pum mlwydd oed. Creadur sofft oedd e.

Ar hynny agorodd y drws ac fe'i caewyd wedyn gyda chlep. Yno safai Gwen â gwên slei ar ei hwyneb fel petai wedi cynllwynio rhywbeth difrifol. "Dwi newydd gael syniad gwych," meddai hi. "Beth am gynnal noson gariocî yma, yn y Tebot?"

"Express, Tebot Express!!" gwaeddodd Brad o'r cefn. Daeth Ceri i'r golwg yn nrws y gegin. Bron na allech chi weld ei galon yn curo drwy ei grys oren, tynn. Roedd e mor grac. Ond torrodd llais Blod ar ei draws cyn y gallai e ddweud run gair.

"Dere mla'n Brad. Deiff e â busnes da i'r Tebot."

"Express!! Tebot Express!" mynnodd Brad unwaith eto.

"Wel? Beth amdani?" holodd Gwen.

"Gallai ddod â mwy o gwsmeriaid ma, sbo. O, pam lai!"

Yn sydyn roedd Ceri fel dyn newydd. Un eiliad roedd fel pe bai'r byd yn dod i ben, a'r eiliad nesa roedd wedi gweld golau ar ddiwedd y twnnel tywyll, du. Doedd yr awyrgylch yn y Tebot Express wedi newid yn llwyr o fewn dim a Gwen yn canu wrth iddi sgubo cefn y caffi. "Goldfinger" oedd ei dewis. Roedd hi'n ymarfer ei rôl fel Shirley Bassey yn barod! Cyn hir roedd seiniau "Diamonds are forever" hefyd yn dirgrynu o gyfeiriad toiledau'r dynion.

Yn y swyddfa gefn roedd Brad yn paratoi cyflogau ei weithwyr. Doedd hyn yn dipyn o ben tost iddo. Roedd y caffi ddim wedi dechrau gwneud elw eto, ac roedd hi'n anodd cael dau ben llinyn ynghyd rhwng yr incwm isel a'r taliadau uchel. Pan ddaeth at enw Tomos roedd mewn hwyl mor ddrwg nes iddo ystyried tocio ei gyflog am yr holl amser roedd e'n ei wastraffu'n siarad a chadw reiat yn ystod y dydd. Penderfynodd gael gair gyda Tomos am y peth.

Yn y caffi ei hun roedd Ceri a Gwen yn trafod lle gallai'r addurniadau i gyd fynd er mwyn creu'r awyrgylch iawn i'r noson garioci.

"Galle'r balŵns fynd fan na," meddai Gwen gan gyfeirio at y cownter.

"Ble gall y llwyfan fod?"

"Beth am...?" Chafodd Gwen ddim cyfle i orffen.

"Cymryd orders o'r ffenast'!! Be ma'r boi na'n feddwl ydw i? Dwad yma i goginio wnes i, dim i fod yn was bach!" Roedd Tomos wedi gwylltio'n llwyr. "Pam na all o ngwneud i'n gyfrifol am y fwydlen?" Roedd y posibiliadau'n byrlymu yn ei ben yn barod. Prydau fel sgwid a llysiau, bara lawr a sglods, a hyd yn oed octapws.

Serch hyn, cymryd ei le wrth y ffenestr a wnaeth e, ac yn syth dechreuodd fflyrtio efo'r cwsmeriaid cynta ddaeth heibio.

"A be galla i wneud i'ch helpu chi, ledis?"

"Dau Fyrgyr Masif, un te ac un cola, plîs."

"Noson allan, ia? Mynd i rywla sbesial?" Cadwodd Tomos i siarad â nhw drwy'r amser wrth iddo gasglu'r bwyd a'r diodydd. Roedd cynnig potiau bach saws yn rhad ac am ddim gyda'r byrgyrs cyn bwysiced â dim iddo am fod hynny'n plesio'r cwsmer. Roedd yn mwynhau ei hun gymaint nes iddo esgeuluso yr hyn roedd o fod ei wneud. Roedd un eiliad ddiofal yn ddigon. Wrth blygu mlaen drwy'r ffenestr i siarad yn nes â'r merched arllwysodd y coke dros un ohonyn nhw.

"Y ffŵl dwl! Edrych ar fy ffrog newydd i! Mae wedi striwo!"

"Beth berswadiodd ni i ddod fan hyn heno?" meddai'r llall. "Dwi'n gwybod un peth – ddo i byth nôl fan hyn to!"

Erbyn hyn roedd gweiddi'r ddwy wedi tynnu sylw Ceri, ac wrth iddo gamu tuag at y ffenestr roedd meddwl Tomos yn gweithio'n gyflymach nag erioed. Byddai rhaid iddo gael esboniad da i guddio'r ddamwain ddiweddara hyn os oedd am gael unrhyw ddyfodol yn y Tebot Express. Mewn eiliad o ysbrydoliaeth estynnodd bapur pumpunt o boced ei jîns i'r ferch a'r ffrog wlyb gan sibrwd: "Dry cleaners, del." Yna cariodd ymlaen fel pe bai dim byd wedi digwydd.

"Reit," cyhoeddodd gan gau'r ffenestr y funud roedd y ddwy wedi gadael. "Mae'n amsar cau a dwi wedi cael llond bol ar y lle yma. Dwi'n mynd i lawr i'r traeth." Taflodd ei ffedog blastig ar y llawr, "Ydach chi'n dod hefyd?" Stampiodd allan o'r Tebot i gyfeiriad y traeth gyda Blod, Saran a Ceri yn baglu y tu ôl iddo.

Ar y ffordd fe alwon nhw yn y siop tsips.

"Dwi'n ffansïo byrgyr…" dechreuodd Ceri.

"Na!" gwaeddodd y gweddill. Byddai'n well ganddyn nhw fwyta brechdan o falwod na gweld byrgyr arall!

Ond yna sylweddolodd pawb mai dim ond cwpwl o geiniogau oedd gyda nhw i gyd.

"Gallen ni werthu'r tlyse na Ceri," meddai Tomos wrth faglu i mewn i Ceri. "Sori! Fe wnath glare dy fodrwy di nallu i am funed!!"

Ond am unwaith doedd hyd yn oed y merched ddim yn barod i chwerthin am ben jôc sâl Tomos.

Eisteddodd y criw ar y traeth yn edrych ar yr haul oren yn cael ei lyncu o dan y môr.

"Rhamantus ond ydy o?" ceisiodd Tomos ei lwc gyda Blod gan glosio ati.

"Paid hyd yn oed trio, mêt!" oedd ei hymateb hi, wedi deall mewn dwy funud beth oedd y gêm.

Ond doedd Tomos ddim yn mynd i ildio mor rhwydd â hynny. Yn ei brofiad e, fel bachgen o Ben Llŷn, roedd beth roedd genod yn ei ddweud a beth roedden nhw'n ei feddwl yn ddau beth hollol wahanol. Yn araf bach, cododd ei fraich dde ac anelu at gefn Blod. SLAP!! Cododd Blod ar ei thraed yn ddiseremoni a mynd i eistedd ar bwys Saran.

Trodd Tomos at Ceri a oedd yn rholio chwerthin.

"Ma hi'n y ngharu i. Playing hard to get ti'n galw hynna."

Wrth iddi nosi wnaeth Tomos ddim rhoi'r ffidil yn y to.

Symudai'n agosach at Blod bob hyn a hyn ond roedd e'n cael ei yrru yn ôl bob tro gyda'r olwg gas ar ei hwyneb. Trodd Ceri at Saran,

"Mae e mor desperate!"

"Beth?" oedd ymateb Saran.

"Tomos, rhaid iddo fe gwlo lawr os yw e am fynd mas da Blod neu unrhyw ferch arall. Rhaid cropian cyn cerdded a nace ny ma fe'n neud nawr."

Er geiriau doeth Ceri, wrandawodd Tomos ddim ac yn bendant wnaeth e ddim rhoi lan! Dyfal donc a dyr y garreg oedd hi gydag e drwy'r amser yn enwedig wrth drafod merched!

* * *

Ar ôl i Gwen gynllunio posteri lliwgar a'u gosod yma ac acw roedd cynnwrf mawr hyd y dre a phawb yn sôn am y Carioci yn y Tebot Express. Doedd y caffi ddim wedi cael llawer o gyhoeddusrwydd da, rhwng cwynion y trigolion oedd yn byw dros y ffordd a miri Saran a'i byrgyrs llysieuol, heb sôn am y ffiasgo gyda'r Ffermwyr Ifanc yn dianc heb dalu, ac yn sicr doedd e ddim yn rhy boblogaidd! Roedd y noson yma'n mynd i fod yn bwysig i roi'r Tebot ar fap gastronomaidd y dre unwaith eto.

Ac os oedd y Noson Garioci i fod yn llwyddiant gwyddai criw'r caffi bod angen ymarfer. A dyna a fu ar ôl cau'n gynnar un noswaith. Cliriwyd y byrddau ac aeth Gwen, Wil, Brad a Saran i'r cefn i baratoi. Dymuniad mawr Brad oedd i'r Carioci fod yn llwyddiant ac y byddai enw da y Tebot Express yn cynyddu. Roedd ganddo ddelwedd yn ei ben o'r caffi byth yn wag a doedd e ddim eisiau colli ar y cyfle i ddod â hynny'n wir. Rhaid i bopeth fod yn berffaith, er ei fwyn e, os nad neb arall.

Daeth Gwen drwodd o'r cefn yn gwisgo ffrog goch lawer rhy dynn iddi, ei hwyneb yn blastar o golur tywyll a gliter, a wig tywyll fel brws ar ei phen. Shirley Bassey yn amlwg! Daeth Wil drwodd wedyn wedi ei wisgo fel petai'n mynd i'r capel. Cerddodd o gwmpas y caffi yn disgwyl i bawb ofyn pwy oedd e am fod. Bu distawrwydd am dipyn ond o'r diwedd gofynnodd Saran.

"Ocê. Pwy ydych chi?"

"Wil, o Jac a Wil," atebodd yn hapus. Doedd gan Saran mo'r syniad lleia pwy oedd Jac a Wil.

"Deuawd fwyaf y ganrif ddiwetha," atebodd Wil gan ddechrau bloeddio "Pwy fydd yyyyma mewn can mlynedd?"

"Na, Na, Na. Dwyt ti ddim yn mynd ar lwyfan yn canu golden oldies Jac an Wil," bloeddiodd Brad. "Mae pobl isio lyrics newydd. Dim pethau hen Cymru fel yna."

Edrychai Wil yn siomedig iawn. Cydymdeimlodd Brad yn sydyn a gofynnodd: "Be arall ti isio gneud?" Rhyw swn yn ei wddw wnaeth Wil, nid ateb iawn.

"Ym, beth am Will Young?" holodd Saran.

"Syniad gwych, o syniad briliant de," dywedodd Brad, yn dechrau codi ei obeithion am noson dda.

"Diolch." Roedd Saran yn teimlo'n eitha balch.

"Reit. Na i gâl dillad i chti. Triwch ddysgu rhai o'i ganeuon o," meddai Brad, wrth fynd i chwilio am y dillad.

Deffrodd Wil am funud.

"Pwy ydy'r Will Young ma?" gofynnodd. Doedd dim syniad ganddo.

Ymhen rhyw hanner awr, ar ôl casglu disgiau a dillad at ei gilydd, roedd pawb yn barod i ymarfer.

"Iawn ta! It's finally arrived! Pwy sy gynta?" holodd

Brad a oedd erbyn hyn yn Elvis digon anobeithiol. Roedd yn trio ei orau i edrych yn cŵl, ac yn ysgwyd i gyd i gyfeiliant rhyw gerddoriaeth ddychmygol, ond doedd dim rhythm naturiol ganddo. Meddyliai Blod ei fod yn hollol pathetig.

"Fiii gynta," gwichiodd Gwen gan wthio pawb arall o'r ffordd. Heb aros, rhedodd i'r rhan oedd wedi ei chlirio fel llwyfan.

"Hit it," gwaeddodd, ond bu'n rhaid iddi aros am funud er mwyn mynd at y peiriant carioci a rhoi'r record ymlaen ei hun. Dechreuodd nodau "Hey Big Spender" atseinio dros y lle. Doedd neb i'w weld yn mwynhau eu hunain lawer ac roedd Brad wedi sylwi ar hyn.

"Pryd mae hi'n mynd i orffen?" sibrydodd wrth Wil, oedd yn fwy tebyg o fod yn gwybod yr ateb na neb arall.

"The minute you walked in the joint da, da, da, da... real big spender". Atgoffodd Brad ei hun i beidio â'i rhoi i ganu gyntaf ar y noson. "HEEEEYYYY Big Spendeeeeeer, speeeend a little taaaaaaime with MEEEEEE."

Gorchuddiodd pawb eu clustiau gan aros i'r sŵn cath orffen ei sgrechian. Roedd yr ystafell yn boeth ac roedd y colur a'r gliter yn diferu oddi ar wyneb Gwen. I'r lleill edrychai fel petai'n toddi. O'r diwedd roedd hi wedi gorffen a cherddodd oddi ar y llwyfan gan ddiolch i bawb a thaflu cusan i hwn a'r llall.

Trodd Brad at y lleill. "Pwy rwan? Beth am chti, Wil?" Daeth Wil o'r gornel yn gwisgo dillad ffasiynol Brad, sef siwt bron yn ddu a chrys-T gwyn. (Am Brad roedden nhw'n ffasiynol. Rywsut doedden nhw ddim yn siwtio Wil.)

"Shwt dwi'n edrych?" gofynnodd Wil. Trodd pawb ond Saran eu cefnau a chwerthin. Sylwodd Wil ac aeth yn goch. Bachodd am y llwyfan, er mwyn osgoi mwy o cywilydd. Dechreuodd ganu un o ganeuon Will Young ac er syndod i Brad roedd ei ganu yn eitha da. O'r diwedd! Talent! meddyliodd Brad wrth weld bod y lleill yn mwynhau hefyd.

"Maen nhw'n mwynhau mherfformiad i. Dwi ddim angen yr hen Will Young na." Stopiodd Wil ganu.

"What's he doing?" gwaeddodd Brad yn troi'n ôl i'r Saesneg yn ei banig, ac yna sylweddolodd…

"Pwy fydd yyyyma mewn can mlyyyyyyyyyyyyynedd" canodd Wil gân Jac a Wil gyda cherddoriaeth Will Young yn dal i atseinio o'r peiriant Carioci. Cerddodd Brad allan, ei wyneb wedi ei guddio yn ei ddwylo. Sylwodd ar Saran yn y cefn.

"Pwy ti, then?" gofynnodd.

"Avril Lavigne," atebodd Saran yn ei sbectol dywyll. Cerddodd Brad oddi yno heb syniad pwy oedd hi.

Fel yr olaf i ymarfer teimlai Brad ychydig bach yn wirion yn cerdded ymlaen. Doedd ei siwt Elvis wen ddim yn edrych mor dda amdano nawr meddyliodd. Ac er ei fod wedi cofio rhoi panty girdle cyn gwisgo'r trowsus tyn, roedd ei fol yn dal fel ŵy Pasg o'i flaen.

"Love me tender," canodd. "Love me truuuue." Ond doedd neb yn gwrando arno a thaflodd y meic ar y llawr cyn cerdded i ffwrdd. Sôn am ymarfer uffernol!

Yn y gegin gefn safai Tomos uwchben sosban anferthol oedd yn fwy tebyg i grochan a dweud y gwir. Roedd yr arogleuon mwya od yn llenwi'r ystafell.

"Mmmmm" murmurai Tomos, ei lygaid gwyrdd yn serennu a'i wallt yn glynu wrth ei dalcen chwyslyd:

"… mmmmmmmm fe gaiff Mam a Dad a Nain weld pa

mor o ddifrif ydw i ynglŷn â choginio."

Arllwysodd y dŵr o'r sosban a thywallt gweddill y cynnwys i dun solet. Ychwanegodd rywbeth arall yn sydyn a stwffiodd y tun i'r popty.

"O'r gora," meddai. "Caiff hwnna goginio am hanner awr. Mmmmm, caserol pilchards, sprowts a chaws, a fi sy wedi ei greu." Sychodd ei ddwylo yn ei farclod a cherddodd am swyddfa Brad. Dyma gyfle i fynd ar y cyfrifiadur tra oedd Brad a'r lleill yn ymarfer eu sgrechfeydd ar gyfer y carioci. Er mor hyderus oedd Tomos a'i fod yn gwybod ei fod yn bishyn, doedd carioci ddim yn rhan o'i sîn o gwbl.

Roedd gan Brad gyfrifiadur bril. Dim rhyw hen falwen o beth oedd ganddo fe. Eisteddodd wrth ei ddesg, ymlaciodd yn y gadair ledr foethus a thynnodd y lap-top tuag ato. Dyma'i gyfle i syrffio'r we am fwy o rysetiau, y rysetiau oedd yn mynd i'w wneud yn chwip o gogydd. Wrth gwrs, byddai rhaid newid rhai o'r cynhwysion. Doedd hi ddim yn debygol bod y Tebot Express yn cadw parma ham yn ei rewgell, nac oedd? Yna gwelodd "1 E-mail received" yn fflachio ar y sgrin. Cliciodd arno a gweld llythyr.

Annwyl Brad Carmichael,
Rydym ni, ym Mhrif Swyddfa y Tebot Express Corporation am ddod draw i Gymru i weld sut mae pethau'n siapio. Bydd yr Arolygwr, Mr Chuck Sheldon, yn cyrraedd mewn tridiau. Hyn yn dibynnu wrth gwrs pa mor hawdd fydd cael lle ar awyren. Gobeithio y bydd y safonau a ffigurau gwerthiant y Tebot Express yn ein plesio. Fe wnawn ni anfon E-bost arall i gadarnhau'r

dyddiad.
Mr S Lewinki,
Rheolwr

Cliciodd Tomos y botwm "Keep as new". Cododd o'r gadair. Mewn eiliad roedd e wedi penderfynu peidio â dweud wrth y lleill am yr e-bost. Ceisiodd adael popeth yn y swyddfa fel yr oedd o ac aeth nôl at weddill y grŵp.

"Beth wyt t ti wedi bod yn i neud?" holodd Gwen.
    "Mond fy masterpiece diweddara!"
    "O! beth yw e te?"
    "Pilchards, sprowts a chaws."
    "BETH?" ebychodd Wil, a chyn iddo ddweud mwy atseiniodd cloch dân dros y lle.
    Rhuthrodd pawb allan i'r nos: Gwen yn ei ffrog dynn goch a'r wig erbyn hyn yn ddigon unochrog... Saran yn brasgamu yn ei sodlau pin... Wil yn symud yn gynt na neb er mai fe oedd yr hyna... Tomos yn dal yn ei ffedog... Brad yn ei siwt Elvis... a Ceri yn ymddangos o rywle mewn trôns pinc del. Ofynnodd neb iddo pam oherwydd eu panig.
    Tra oedd y lleill yn dal i sefyll ar y pafin y tu allan i'r Tebot Express gwelodd Tomos fod Brad yn sleifio i mewn – yn oer siŵr o fod, meddyliodd Tomos. Gwyddai nad oedd Brad a'i groen fel prwnsen yn hoff iawn o wynt a glaw mân Cymru. Yn syth i'w swyddfa aeth Brad er mwyn cribo ei wallt i'r perffeithrwydd arferol. Wrth estyn am y gel a'r grib gwelodd fod e-bost wedi dod... am yrru 'sheriff' draw... mewn ychydig ddyddiau e-bost arall... Mr S Lewinki.
    "DAMIA," doedd Brad ddim yn hapus. Stompiodd

allan at y gweddill.

"Caewch eich cegau ac yn ôl i lanhau! Tomos! Be gythral sy yn y popty. Tafla fo. Dwi ddim isio iti goginio dim byd heblaw byrgyrs. Saran, pwy ddeudodd wrthat ti fod combats yn smart. Newid rŵan. Rhaid i ni weithio fel lladd pryfed genwair i gael popeth i fyny i'r safon mewn tri diwrnod!"

pennod 5

Ond anghofiodd pawb am lanhau a chael y lle i drefn wrth i noson hir ddisgwyliedig yr adloniant agosáu. Ac roedd pawb yn awyddus iawn i gymryd rhan yn y gystadleuaeth garioci. Er, roedd Brad yn ddigon anniddig ei fyd ynglŷn â'r noson hon bellach. Roedd ganddo ryw deimlad bach yng nghefn ei ben bod rhywbeth drwg ar droed allai ddinistrio ei gangen ef o Express caffi a hynny dridiau'n unig cyn i'r Arolygwr gyrraedd.

Ond er hyn i gyd brasgamodd i fyny i'r llwyfan i agor y noson yn wên i gyd yn ei ddillad gwyn gloyw a'i sgidiau swed glas fel petai'n meddwl mai fe oedd y brenin ei hun. Allai e ddim colli cyfle i fod yn geffyl blaen. Darllenodd y rhestr oedd wedi ei pharatoi iddo.

"Noswaith dda foneddigion a boneddigesys. Mae'r noson yma'n mynd â fi'n ôl i'r adeg pan oeddwn i'n byw in the state of sunny California. Happy days, folks. Bryd hynny roedd noswaith garioci yn digwydd yn aml, a gan fy mod i'n ffan mawr o'r brenin ei hun, Elvis Presley roedd hynny'n fendigedig i fi..."

Buodd Brad yn paldaruo am Elvis a'i gartref am tua phum munud cyn i lais dwfn Mogs Bryn Dewin gychwyn bloeddio arno, "Dere mlaen, yr Ianci diawl! Rych chi di arfer labswchan a chael hanci panci tan orie mân y bore.

Cofia di fod yna rai ohonon ni yn gorfod mynd mas am bump y bore i fwydo'r anifeiliaid! Felly hasta! Bant â'r cart nawr!"

Doedd Mogs ddim yn greadur amyneddgar iawn! Roedd e wedi bod yn yr Ail Ryfel Byd ac wedi bod yn ymladd yn Siapan ac yn yr Almaen, felly doedd e ddim yn hoff iawn o dramorwyr! Ond chwarae teg roedd bob tro'n cefnogi achosion da ac yn dod bob amser yn ei welis a'i gap stabal brethyn.

"Ia wel, ymlaen â ni felly. Wil sy'n cael y cyfle i ganu gynta. Dyma dalent i chi, folks. Mae o'n gallu gwneud Will Young. Mae o'n gallu gwneud Jac o Jac an Wil. Ond heno, mae o am roi i ni un o glasuron yr iaith Gymraeg, Y Dijeridoo gan Hogia'r Wyddfa. Yna, mae Tomos wedi penderfynu ar y funud ola, dyngedfaenol, ei fod o am ganu Gwlad y Rasta Gwyn gan y dyn ei hun! Bryn Fôn. Ond yn gynta, i agor y noson, rhowch eich dwylo gyda'ch gilydd i Wil."

Clapiodd Brad wrth i Wil wibio ar y llwyfan yn awchus gan roi winc fach i Gwen yn y dorf. Dechreuodd ymarfer ei "Do, Re, Mi, Ffa, So, La, Ti, Do" dros y lle. Ac yna dyma ddechrau canu nes bod seiliau'r Tebot yn crynu. Dechreuodd ambell un chwilio am ei gôt ac ochrgamu i gyfeiriad y drws. Dim hyn roedden nhw wedi'i ddisgwyl. Efallai mai'r gân oedd y drwg, neu'r ffaith mai cerddoriaeth Metallica oedd ar y peiriant. Roedd e'n swnio fel cerdd dant efo'r ddannodd. Bechod hefyd, oherwydd roedd Wil yn torri'i galon wrth i'r dorf leihau, ac yntau wedi meddwl yn siŵr ar ôl yr ymarfer y byddai'n seren y sioe.

Ond roedd un person yn cadw ei obaith yn fyw. Safai Gwen yn y tu blaen yn syllu i'w lygaid, mewn cariad pur.

Am y tro cyntaf ers blynyddoedd cafodd Wil godiad heb orfod defnyddio ei hen ffrind, Viagra!

Gorffennodd y gân gyda "dijeridoo" a chafwyd tipyn o guro dwylo llipa. Ond erbyn hyn doedd dim cymaint o wahaniaeth gan Wil. Y cwbwl roedd e eisie erbyn hyn oedd sugniad bach ar ei bibell a snog bach efo Gwen. Gadawodd y llwyfan a daeth pawb arall yn ôl i mewn.

"Wel diolch yn drwchus, diolch yn drwchus," meddai Brad gan lamu'n ôl i ben y llwyfan."Reit ta, y nesa fydd Tomos, ac wedyn mi fydd Gwen yn canu cân Shirley Bassey. A don't forget them burgers, folks," ychwanegodd gan amneidio i gyfeiriad y cownter. Wedi'r cyfan noson i wneud arian oedd hon.

"Dyma Tomos felly." Cerddodd Tomos ar y llwyfan fel petai rhywun yn ei lusgo gerfydd rhaff anweledig. Roedd e wedi pwdu achos fod Blod a'i ffrindiau wedi gwrthod dawnsio y tu ôl iddo fel cefndir. Hwyl oedd e i fod, gyda'r gang. Ond doedd e ddim yn hwyl sefyll ar y llwyfan ar ei ben ei hun a phawb yn rhythu arno. Ac roedd e wedi mynd yn nerfus i gyd, ac yn sefyll mor stiff â phe bai rhywun wedi rhoi procer yn ei din. Nes i'w bengliniau ddechrau cnocio'n swnllyd yn erbyn ei gilydd.

Dyna pryd y sylweddolodd e mai camgymeriad fu gwisgo Bermudas – waeth pa mor boeth oedd hi. Trodd i ddiffodd y peiriant carioci tu ôl iddo cyn i hwnnw ddechrau arni go iawn, gan geisio cadw'i ben i lawr ac o'r golwg. Roedd e wedi dechrau cochi, ac yn prysur droi'r un lliw â lipstig Shirley Bassey. Yr unig gysur oedd ganddo oedd nad oedd neb wedi clywed ei lais. Ac roedd e'n swnio fel syniad mor dda awr neu ddwy yn ôl pan oedd e'n slygio lager gyda'r lleill yn y cefn.

"Hmm, awn ymlaen â'r noson heb ddweud dim

rhagor, dwi'n meddwl," meddai Brad wrth i Tomos slincio oddi ar y llwyfan. "Dyma Gwen felly, yn cyflwyno un o ganeuon Shirley Bassey, Goldfinger." Wedi aros am Gwen am rai munudau, galwodd Brad arni eto, yn ddiamynedd braidd y tro hwn:

"Gwen, Gwen! Oes rhywun wedi gweld Gwen?"

"Nac oes, dim ers iddi fynd i mewn i'r storfa gyda Wil," atebodd Blod yn sarrug. Roedd hi'n flin achos hi oedd yr unig un oedd yn dal i weini a choginio yn y lle, ac roedd e'n ormod o waith o lawer i un. "A Tomos, os ca i ddweud, dwi eriôd wedi gweld neb yn cochi gymaint, hyd yn oed mewn sawna ar ôl gêm rygbi! Ond coese pert!"

"Blod, os ca i afal arnat ti…" bygythiodd Tomos.

"Ie, a beth wnei di wedyn te?" gofynnodd Blod yn bryfoclyd. "Fi'n well na ti am daclo!"

"Mi gei di weld Blod bach, mi gei di weld!" atebodd Tomos er nad oedd ganddo ddim math o syniad.

Rhoddodd Brad un cynnig arall arni: "Gwen, tyrd i fyny. Hwn yw dy alwad ola di, honey pie, neu mi fyddwn ni'n bwrw mlaen gyda'r gystadleuaeth."

Distawodd pawb wrth glywed sŵn ochneidio trwm yn dod o gyfeiriad y storfa.

"Reit ta, fe awn ni mlaen yn gyflym," meddai Brad yn frysiog.

"A'r nesa fydd Ceri'n canu rhywbeth, yna mi fydda i, yours truly, yn canu un o glassics Elvis. Tyd i fyny felly Ceri!"

"Diolch," mwmiodd Ceri, gan ychwanegu dan ei wynt wrtho, "Gwell i ti fynd i sorto'r storfa na mas, glou neu bydd rhywun wedi cael trawiad na!"

Am unwaith, roedd Brad yn ddigon call i gymryd

gorchymyn gan rywun arall. Ond cyn gwneud hynny piciodd i'w swyddfa i roi tipyn bach mwy o gel yn ei wallt ar gyfer ei berfformiad, a mymryn mwy o golur ar ei drwyn a'i fochau oedd yn disgleirio ar ôl bod dan y golau.

A dyna pryd y gwelodd Ceri ei gyfle euraid. Er mai colli ei job oedd y peth diwetha roedd e eisie, roedd y cyfle yma'n un rhy dda i'w golli. Camodd i flaen y llwyfan, gafael yn y meic a dechrau annerch yn daer.

"Faint ych chi'n wybod am bolisi tramor America, gyfeillion? Ych chi'n gwybod ym mha wledydd mae America wedi bod yn hwpo'i thrwyn i mewn? O odych, rych chi'n gwybod am Irac. Ond beth am y lleill? Beth am Kuwait? Nicaragua? Senegal? Mae America'n smalio gweithredu dros ddemocratiaeth, a rhyddid yr unigolyn a helpu tlodion a thrueniaid, ond..."

"Wel, mae cwmni o America wedi bod yn ddigon da i roi jobyn i ti, ond yw e, bachan?" gwaeddodd Mogs Bryn Dewin. "Ac mae eisie pig glân i ganu."

Dechreuodd criw ifanc oedd wedi galw i mewn ar eu ffordd i'r clwb nos i lawr y lôn siantio "Off, off, off." Doedd areithiau gwleidyddol ddim yn cyfrif fel adloniant nos Wener.

"Ac mae'r grafanc weithie'n anweledig," aeth Ceri yn ei flaen. "Ryn ni i gyd yn addicts i ffilmie o America, delfryde Americanaidd, bwyd Americanaidd. Ac ryn ni'n garcharorion syniadol i ddelfryde materol Bush a'i ffrindie bach adweithiol..."

Edrychodd i gyfeiriad Tomos wrth gymryd ei wynt cyn mynd ymlaen. Y cwbwl wnaeth hwnnw oedd rhoi ei fys dros ei geg a'i ddal yno gan syllu i fyw llygaid Ceri. Roedd yn rhybudd amserol.

Martsiodd Brad yn ei ôl i'r caffi'r eiliad honno gan

fowio i bob cyfeiriad fel petai yn seremoni'r Oscars. "Howdy, folks. A diolch i ti, Ceri." Roedd yn rhaid iddo gymryd arno ei fod wedi bod yn gwrando. "Roedd hwnna'n berfformiad arbennig. A dwi ddim yn gwybod am bawb arall, ond i mi dyna'r gorau heno, yn sicr."

Daeth bloedd o gyfeiriad Mogs Bryn Dewin. "Watsia dy gefn, Ianci bach. Mae'r gelyn oddi mewn."

"Y gelyn oddi mewn," ailadroddodd Brad, yn y niwl yn llwyr. "Ie wir, gwych iawn. Ond nawr bydd popeth yn newid. Foneddigion a boneddigesys, mae Elvis yn yr adeilad. And it's a 'Little Less Conversation'."

Safai Blod wrth y cownter trwy hyn i gyd yn chwilio am Ceri oedd i fod helpu. Ond roedd e wedi diflannu ar ôl ei 'araith' a doedd dim hanes ohono yn unman. Roedd yr holl goginio a'r gweini wedi codi syched mawr ar Blod, oedd wedi bod wrthi ers meitin yn helpu ei hun i lond jwg mawr o gola. Sut oedd hi fod gwybod bod Tomos wedi rhoi peth wmbreth o fodca ynddo? Yr unig alcohol roedd hi wedi arfer ag e oedd peint o lager top ar ôl ambell gêm awê. Erbyn hyn roedd ei effaith yn dechrau dweud arni. Pan ddaeth giang o fois draw ac archebu deg pryd Byrgyr Masif, winciodd ar yr agosa a dweud: "Byddan nhw'n barod peth cinta fory. Licet ti damed i aros pryd?"

Ond am Brad, wel druan ohono! Doedd e ddim llawer gwell na Wil! A dweud y gwir roedd Wil ei hun yn teimlo piti drosto, ond dal i ganu wnaeth e. Roedd e yn ei fyd bach ei hun am funud, yn breuddwydio mai fe oedd Elvis yn canu yn Nashville!

"Cer bant o'r llwyfan!" gwaeddodd Mogs Bryn Dewin, oedd heb gael cymaint o hwyl yn heclo ers blynyddoedd. Ond doedd Brad ddim yn ei glywed heb sôn am wrando arno. Yn y diwedd fe daflodd rhywun fyrgyr yn llawn salad a relish at y rheolwr a'i daro yn ei wyneb gan weiddi, "Bant wedon ni'r pwrsyn!" cyn cerdded allan.

Ar hynny prysurodd Gwen i'r llwyfan efo brwsh bach a rhaw, fel petai hi ddim ond wedi picio i'r storfa i'w nôl nhw. Rhoddodd glamp o gadach llawr i Brad sychu ei wep a throi at gynulleidfa gan gyhoeddi:

"Dyma ni, y nesa i ganu felly fydd, ym..., ym..., anhysbys dwi'n meddwl!" Roedd pawb mewn penbleth. Pwy oedd yr un anhysbys?

Daeth merch i fyny beth bynnag, mewn siaced â hwd a throwsus llac ond chafodd neb olwg iawn ar ei hwyneb.

"Dere ma, blodyn," meddai Gwen. "Paid bod yn shei."

"Diolch," atebodd honno. "Ym, heno dwi am ganu cân Titanic gan Celine Dion. Diolch." Tawelodd pawb wrth iddi ganu'r gân, wrth eu bodd hefo addfwynder ei llais. Safodd pawb ar eu traed wedi iddi orffen a chafodd winc fach gan y beirniad hyd yn oed. Hi fyddai'n ennill bellach. Ond roedd un ar ôl: Saran.

"Wnaiff hon ddim canu," wfftiodd Tomos. Doedd e ddim wedi ei chlywed yn ymarfer y noson cynt am ei fod mor brysur yn coginio.

"Pam? Wneith hi fynd yn nerfus yr un fath â ti?" atebodd Gwen gan chwerthin! "Ond dwi wedi gweld gwaeth. Rwy'n cofio rhyw fachgen bach o'r enw Tomi yn pi-pi ar ben...."

"O plîs, na," meddai Blod oedd yn edrych yn reit welw erbyn hyn!

"O diolch yn fawr, doniol iawn Nain!" oedd ymateb Tomos.

Ond roedd Tomos mor syn â gweddill y gynulleidfa pan ddechreuodd Saran ganu. Fyddai Avril Lavigne ei hun ddim wedi rhoi gwell perfformiad. Erbyn diwedd y gân roedd rhai o'r criw ifanc wedi dechrau dawnsio a rhai'n sefyll yn y tu blaen yn gweiddi a gwichian, wedi gwirioni. Pan orffennodd aeth Tomos draw ati.

"Hei ffantastig, Sar! Dylset ti fod ar Ffêm Academi, neu Pop Eidol ti'n gwybod. Roeddat ti'n dda, yn dda iawn, iawn hefyd!"

"Diolch," atebodd hithau'n swil i gyd a cherdded i ffwrdd yn Saran fach gyffredin unwaith eto. Ond roedd Tomos wedi cael ei ysbrydoli ganddi, a byddai'n edrych arni'n wahanol o hyn ymlaen.

A nawr roedd gan y beirniad broblem. Pwy oedd i ennill, Saran neu'r ferch anhysbys? Roedd gan y ddwy leisiau grêt tra bod y lleill yn swnio fel cathod yn cael eu crogi!

"Eich sylw, os gwelwch yn dda!" gwaeddodd y beirniad drwy'r meic. "Dwi wedi dod i benderfyniad – ond yn gynta rhaid sôn tipyn bach am y cystadleuwyr. Dwi wedi eu rhoi mewn dau gategori…"

"O dere mlân wir ddyn, dyn ni ddim yn moyn yr holl feirniadaeth – dim ryw hen fenywod hanner call a dwl ydyn ni. Ni wedi dod ma am adloniant nid i glywed dy lais di drwy'r nos!" gwaeddodd rhywun o'r gynulleidfa.

"Reit te," meddai'r beirniad. "Os na beth rych chi moyn. Yn gyntaf ma Saran.."

"NA!" bloeddiodd Brad ar ei draws. "Not staff, bad for business. Cynnig eto, gyfaill."

Dechreuodd rhai pobl fwio yn y cefn ond aeth y beirniad yn ei flaen efo'r gwaith fel petai dim byd o gwbl wedi digwydd.

"Amynedd, os gwelwch yn dda! Reit, yn drydydd mae Wil, Saran yn ail a'r ferch anhysbys sy'n cael y lle cyntaf." Dechreuodd rhai glapio yn araf mewn protest gan fod y rhan fwyaf wedi meddwl yn siŵr mai Saran fyddai'n ennill.

Yna daeth y ferch anhysbys i fyny i'r llwyfan i gael ei gwobr a dweud mai Mini oedd hi. Cymerodd yr arian ac yna gadawodd yn syth gan wrthod canu encôr. Rhoddodd rywun ddisgiau i droi wedyn a dechreuodd pobl sgwrsio ymysg ei gilydd a gorffen eu diodydd.

Ond doedd Wil ddim yn mynd i golli ei gyfle. Trodd at Gwen gan ddal y bocs siocled a gafodd am ddod yn drydydd i fyny yn uchel.

"Wyt ti awydd gorffen y jobyn na gychwynnon ni yn y storfa gynne fach, ar ôl paned o goffi yn y tŷ co?" gwahoddodd gan chwarae efo'i ddici bô.

"Odw i, ond heb y coffi," winciodd Gwen gan fachu ei chôt a brasgamu at y drws. Tynnodd ei wig du a'i stwffio i'w bag. "Jiw, na'r nosweth ore fi wedi gâl ers blynydde."

Ac yng nghanol y miri a'r meddwi ar ddiwedd y noson, wrth i'r carioci slyrio i stop ac i bobl ddechrau chwilio am fagiau a sgidiau a phartneriaid, dyna'r adeg berffaith i rywun agor y til yn dawel fach, ac ymestyn llaw i mewn am stash o arian.

* * *

Ar ôl i'r cwsmeriaid fynd adre, mi benderfynodd Brad fynd hefyd.

"Reit, dwi'n mynd adre nawr, O.K.? Cewch chi gloi i fyny a wedyn mynd adre. Reit. Bye!!!!" gwaeddodd Brad ac allan â fe i'r Mercedes.

"Hei, ble mae Ceri? Roedd e ma gynne. Ych chi'n gwybod ble ma fe?" gofynnodd Saran yn benderfynol o beidio swnio fel petai hi wedi pwdu. "Roedd y ferch na enillodd yn edrych yn debyg iddo fe, on'd oedd hi? Chi'n

credu taw i gariad e oedd hi? Bydde Mam-gu'n gweud
tebyg at ei debyg."

"Saran," meddai Tomos yn gysglyd. "Paid â bod mor
ddiniwad."

"Beth?" meddai Saran a'i llygaid fel soseri yn ei phen.
"Beth ti'n meddwl..."

"Dim byd," meddai Blod yn araf a'i thafod yn dew.
"Jest am fod e i hunan yn methu sgorio. Te Tomi?"

"Cau hi."

"Os gwahanieth da chi os â i chwilio amdano fe?"
meddai Saran. "On i jest eisie gweud bo fi'n cefnogi'r
araith heno."

"Ia, dos di," atebodd Tomos. "Sleifar. Ta-ra!"

Roedd pawb wedi mynd erbyn hyn, heblaw am Tomos
a Blod oedd yn hanner cysgu o gwmpas y bwrdd. Yn
sydyn reit dyma Blod yn dechrau canu 'Mae Hen Wlad Fy
Nhadau', heb ddim rheswm o gwbwl.

"Ti moyn drinc bach arall?" gofynnodd Tomos.

"Na, ond bydden i yn lico cael rwbeth i fyta," atebodd
hithe.

"Reit, be ti moyn? Galla i neud unrhyw beth i ti.
Lasagne, Spaghetti Bolognaise, Byrgyrs neu..."

"Na, dwi ddim yn moyn dim byd ffansi, jest dere â...
ym..."

Yn sydyn reit dyma hi'n codi'r botel sôs coch ac yn ei
gwasgu hi nes bod y cynnwys yn tasgu dros ddillad
Tomos! Yna dyma Tomos yn codi'r basin siwgr a thaflu'r
cwbwl dros wallt Blod.

"Dere ma'r cwrcyn! Os ca i afael ynot ti, fydd hi ddim
yn dda ma!" gwaeddodd Blod.

"A beth wyt ti mynd i neud?" gofynnodd Tomos gan
chwerthin.

"Ym... dwi ddim yn siŵr iawn to... ym..." mwmialodd Blod.

Ond cyn iddi gael cyfle i fwmial na meddwl mwy, roedd gweddillion y cola a'r fodca yn llifo i lawr ei chefen.

"Beth oedd y cynllun da na te Blod?" gofynnodd Tomos yn chwareus.

"Yr unig gynllun sy da fi nawr yw mynd i gael bath, un twym hefyd!"

Aeth y ddau i eistedd lawr, ac mi aeth Tomos i wneud byrgyr mawr iddo fe i hunan ac i Blod. Ond ar ôl iddo ddod nôl sylwodd fod Blod wedi cwympo i gysgu wrth y bwrdd. Felly, mi fwytodd e'r ddwy. Roedd diwrnod mawr o'u blaenau fory!

pennod 6

"Yyyyyyyyyyy!" griddfanodd Blod wrth geisio codi ei phen oddi ar y bwrdd. Penderfynodd ei fod yn ormod o straen a gadawodd i'w phen ddisgyn yn ôl i lawr gyda chlec. "AAAwwwww," roedd hynna'n brifo hefyd.

"Y! Be sy? Pwy sy na? Lle ydan ni?" holodd Tomos yn ddryslyd. Agorodd un llygad ac edrych o'i gwmpas. Ar y bwrdd o'i flaen roedd potel o sôs coch ar ei hochor, a'r sôs wedi diferu dros blastig gwyn y bwrdd. Roedd dafnau mân o siwgr ym mhobman, rhwng y platiau papur a'r cwpanau plastig stêl.

"O na, Blod, deffra myn yffar i! Yli golwg! Be ddiawl dan ni'n mynd i neud?" ebychodd Tomos.

Mentrodd Blod agor un llygad hefyd, ac yn ei hwynebu roedd yr un llanast – sbwriel hyd lawr a bwyd blith draphlith ym mhobman. Roedd rhywun yn waldio ei phen hefo morthwyl, neu o leiaf felly roedd hi'n teimlo. Cofiodd beth oedd wedi digwydd y noson cynt a griddfanodd eto. Yna daeth llais Tomos o rywle, yn swnio fel tasa fe wedi bod yn smocio drwy'r nos.

"Blydi hel Blod, mae'n chwarter i ddeg a dydan ni ddim wedi agor y lle ma, heb sôn am lanhau. Be ddiawl dan ni mynd i neud?"

"Wel, fe fydd yn rhaid i ni siapo hi'n reit handi ond

bydd e, cyn i Elvis gyrraedd," atebodd hithau'n swta, er bod ei cheg yn teimlo fel cesail camel.

Cododd yn ddau yn araf ac ymlwybro at y sinc yn y tŷ bach, yn y gobaith o gael diod o ddŵr cyn cychwyn. Trawodd yr arogl y ddau ohonyn nhw yn syth, gan godi cyfog gwag arnyn nhw. Mentrodd Blod agor drws tŷ bach y merched yn ara bach, a'i gau yr un mor sydyn. Rhoddodd Tomos gic i ddrws toiledau'r dynion, ond bu bron iddo lewygu pan welodd y llanast oedd yno. Roedd yn meddwl ei fod wedi gweld popeth ar ôl aros ar y maes carafannau yn y Steddfod Genedlaethol, ond roedd hyn lot gwaeth!

Y funud honno fe glywon nhw sŵn allwedd yn troi yn y drws ac er mor welw oedden nhw, aeth y ddau ohonyn nhw'n fwy gwelw fyth. Daeth sŵn ei lais i'w clustiau cyn iddyn nhw weld pwy oedd yno.

"Pam ddiawl ma'r drws ma wedi gloi? Hei guys, lle ma pawb? Blod? Tomos? Lle da chi? Be yffar sy wedi digwydd yn fan hyn? Gee wizz, oes rhywun wedi torri mewn yma...?"

Rhoddodd Blod ei thrwyn rownd y gornel a dweud, "Ym... mi fedrwn ni esbonio popeth. Wir yr!"

* * *

Arhosodd Gwen ei thro yn amyneddgar yn y ciw. Roedd wedi synnu bod cymaint o bobl yn y banc ben bore fel hyn. Roedd yn edrych ymlaen at gael clywed bod yr arian am y Tebot Aur wedi cyrraedd o America, er mwyn iddi allu symud ymlaen i brynu'r byngalo bach newydd, twt ym mhen ucha'r dre. Byddai'n rhyddhad mawr iddi hefyd allu helpu grru Tomos i brifysgol.

"Nesa," galwodd y ferch tu ôl i'r cownter. Symudodd Gwen ati a gofyn,

"Allwch chi weud faint o arian sy yn y cyfri yma plîs," gan basio ei llyfr sieciau er mwyn iddi gael gweld y manylion. Pwysodd y ferch ychydig o fotymau ar y cyfrifiadur, a disgwyl i'r peiriant argraffu'r manylion.

"Dyna chi, madam," meddai. "Unrhyw beth arall?"

"Na, dyna'r cyfan diolch," atebodd Gwen, gan afael yn eiddgar yn y darn papur hollbwysig.

Wrth gamu drwy'r drws edrychodd ar y slip a'i chalon yn llawn gobaith. O na! Mae'n rhaid bod yna ryw gamgymeriad! Dim ond hanner yr hyn oedd hi'n ei ddisgwyl oedd yno! Martsiodd yn ôl i mewn a gwthio'i ffordd i flaen y ciw, a rhoi penelin ym mola'r creadur oedd wedi ei dilyn at y cownter.

"Esgusodwch fi," meddai. "Mae'r banc wedi gwneud camgymeriad. Mae na lawer iawn, iawn mwy na hyn i fod yn y cyfrif yma!"

Gwenodd y ferch tu ôl i'r cownter arni fel petai hi braidd yn dwp,

"O na, madam. Dyw'r cyfrifiadur byth yn gwneud camgymeriad," meddai.

"Wel, mae rhywun yn y banc ma wedi gwneud camgymeriad!" gwaeddodd Gwen, gyda rhyw wich yn ei llais, a'i hwyneb yn fflamgoch. "Ga i weld y rheolwr yn syth plîs."

"Mae'n ddrwg iawn gen i," meddai'r ferch, gan bwyso'n wyllt ar ryw fotwm wrth ei hochr, "ond mae e'n ddyn prysur iawn, iawn. Mi fydd yn rhaid i chi wneud trefniant i'w weld e, mae gen i ofn."

"Wel dyw hyn jest ddim digon da!" gwichiodd Gwen, "Fe fydd yn rhaid i fi drafod y peth gyda Simon Thomas yr Aelod Seneddol... Mae'r banc wedi colli hanner fy arian i. Mi fydde'n fwy diogel cadw'ch arian dan y fatras nag yn y banc yma!" Ar hynny daeth rhyw ddyn ati mewn siwt a botymau aur, a chap pig caled ar ei ben, gan afael yn ei phenelin a dweud,

"Dewch gyda fi, os gwelwch yn dda. Mi fydd yn rhaid i mi ofyn i chi adael yr adeilad. Allwn ni ddim cael pobol yn codi stŵr fel hyn yma..."

Cyn iddi gael amser i feddwl roedd Gwen yn ôl allan ar y pafin, felly anelodd yn syth am y caffi a martsio drwy'r drws, eistedd wrth un o'r byrddau a mynd ati i danio sigâr fawr, i geisio gollwng stêm. Daeth Brad ati'n syth gan ddweud yn ei lais seimllyd,

"Dim ysmygu yma os gwelwch yn dda, Gwen. Dylech chi o bawb wybod yn well. Allan, os gwelwch yn dda."

"Paid ti â dechre to mêt," atebodd hithau fel siot. "Y blydi llipryn uffarn. Dwi di damsgyn ar bethe gwell na ti, yr ewach bach."

Gafaelodd yn ei bag llaw lledr smalio, codi a martsio allan gan gau'r drws yn glep ar ei hôl.

* * *

Yn ôl yn y caffi, roedd tipyn o straen i'w weld rhwng Saran a Ceri.

"Lle oeddet ti neithiwr te?" gofynnodd Saran iddo. "Rown i'n meddwl y baset ti o bawb yn dod yma i nghlywed i'n canu."

"O sori, ym... ym... rodd rhaid i fi fynd odd ar i ffordd e, y Brenin, on'd oedd e," atebodd Ceri yn llipa. "Ti'n gwbod y byddwn i wedi dod nôl sen i'n gallu, cariad."

"Sen i'n gallu, cariad." Roedd Saran gystal am

ddynwared ag roedd hi am ganu, "Ble'r est ti te? I roi help i Bush a Rumsfeld gyda'r polisi tramor? Y? Y?"

Daeth saib anesmwyth yn y sgwrs, cyn i Saran droi ar ei sawdl a dweud, "Hy! Mae'n siŵr dy fod ti'n rhy brysur yn rhoi trefen ar dy gasgliad o miniature teapots!"

Wrth y bwrdd yn y gornel roedd Brad wrthi ers meitin yn cyfrif arian y noson cynt. Dechreuodd arni am y trydydd tro. Na, roedd ei syms yn berffaith gywir. Roedd hi'n amser am showdown hefo'r staff. "Pawb i'r ystafell gefn os gwelwch yn dda," gwaeddodd, "NAWR!"

Heglodd pawb hi am y cefn, yn methu deall beth ar wyneb y ddaear oedd yn bod ond yn ofni'r gwaetha.

"Reit ta," meddai Brad. "Dwi wedi cyfri'r pres ma deirgwaith, a dwi'n bendant bod yna lai nawr nag oedd yna am ddeg neithiwr. Dwi am aros yn fan hyn nes ca i esboniad gan un ohonoch chi. And don't give me any shit."

Tawelwch llethol.

"Dwi'n dal i ddisgwyl. Dewch yn eich blaenau."

Tawelwch llethol.

"Blod, mae gen ti wastad rywbeth i'w ddweud, ble mae dy dafod di nawr?"

Tawelwch llethol. Pawb yn sbïo ar y llawr.

"Tomos, ti angen pres i fynd i'r coleg. Sgen ti ddwylo blewog?"

Tawelwch llethol.

"Saran. Roeddet ti'n reit siomedig na chest ti'r £50 na neithiwr. Wnest ti benderfynu helpu dy hun?"

Tawelwch llethol eto. Yna daeth llais diniwed Ceri o rywle,

"Hei Brad, dyw hyn ddim yn deg. Alli di ddim dechre cyhuddo pawb fel na, heb unrhyw dystiolaeth. Os oes arian wedi diflannu, mae ffordd iawn o ddelio da'r mater. Ac os nad wyt ti'n ein trysto ni, run ohonon ni gwell i ti feddwl am ail-staffio dy Debot drwyddi draw. Awn ni mas am wâc fach i ti gael amser i feddwl. Dewch."

Ac ar hynny cododd pawb a cherdded allan drwy'r drws yn un rhes, a Ceri ar y blaen, yn arwain am unwaith, fel Owain Glyndŵr.

* * *

Aeth Brad yn ei ôl i eistedd wrth y bwrdd a'r llyfrau cyfrifon o'i flaen. Prin y gallai gredu fod rhywun wedi bachu ei arian a bod ei weithwyr newydd gerdded allan o'i gaffi. Doedd ganddo ddim owns o amynedd ac roedd e'n dechrau cael llond bol ar y lle ma. Doedd pethau ddim yn mynd yn unol â'r 'grand plan' o gwbl. Cododd o'i sedd a cherddodd at y cownter a dyna pryd y sylwodd ar y cloc. Roedd hi'n chwarter i un ar ddeg!!

"Holy smoke! Mae'r arolygwr yn dod mewn chwarter awr! A mae'r lleill wedi cerdded allan a ngadael i yn y ciach." Anadlodd yn drwm wrth geisio rheoli ei dymer. Ceisiodd gicio'r bin sbwriel ond methodd, collodd ei gydbwysedd a chythru yn y cownter. Baglodd dros ei draed gan dynnu hanner y caffi i lawr ar ei ben wrth iddo ddisgyn yn fflat fel crempog ar ei drwyn.

"So help me God... mwy o lanast." Taclusodd ei hun a dechreuodd y job ddiflas o dacluso'r sandifang o'i gwmpas. Yna teimlodd Brad rywbeth yn tynnu yn ei drowsus Armani. Edrychodd i lawr a neidiodd led hanner ei ystafell. Roedd yna lygoden yn cnoi gwaelod ei drowsus drud! Allai e ddim credu'r peth!

Y munud nesaf, cerddodd Ceri a'r criw yn ôl i mewn eu

hwynebau'n fygythiol.

"Does dim byd i'w wneud yn y lle ma ar ôl mynd ar streic, felly ryn ni'n mynd i dy sortio di mas," bygythiodd Blod.

"Does da chi ddim hawl cyhuddo pobol ddiniwed fel y gwnaethoch chi, Brad! Pwy wy…" cyhuddodd Ceri fe.

Ond torrodd Brad ar ei draws yn frysiog:

"Na dwi'n gwybod, anghofiwch o! Jest cliriwch fan hyn cyn i'r arolygwyr gyrraedd!"

"Heloooo? Mae na broblem!" ebychodd Tomos gan gyfeirio at y llygoden. "Y peth olaf rydan ni angen ydy llygod ffiaidd."

"S….Syr? Fi sy'n berchen ar y llygoden!" Plygodd Saran i geisio dal y llygoden, ond sgrialodd tuag at y gegin. Cymerodd Brad gipolwg ar ei oriawr.

"Does gynnon ni ddim o'r amser. Dewch… gwisgoedd!" Edrychodd Brad yn ymbilgar i'w hwynebau penderfynol. "Plîs!" pleidiodd.

"Na!" meddai Ceri. "Ryn ni eisie ymddiheuriad gyntaf." Cytunodd pawb. Gwichiodd llais Saran o rywle.

"Dwi eisie mynd i nôl Llew fy llygoden i."

"Ie…. Mae gan rai ohonyn ni asgwrn cefn. Ac enw da i'w gadw."

Dechreuodd pawb ddadlau, ac roedd Brad yn mynd yn rhwystredig. Torrodd sgrech ar draws yr holl sŵn. Trodd bawb i gyfeiriad y sgrech.

"SARAN!" Safai Gwen yn nrws y caffi. "Ti ddath â'r peth salw ma miwn man hyn? Dangosodd Gwen y llygoden, a oedd yn cael ei dal gerfydd ei chynffon fain gan y ddynes gandryll. Yna gollyngodd hi'n glewt ar lawr.

"Oooo Llew!" meddai Saran gan frasgamu i gyfeiriad ei hanifail anwes.

"Mae'r arolygwyr ar ei ffordd a ti wedi rhoi cyfle i'r caffi gael ei gau! Be sy'n mynd trwy'r ymennydd bach twp na?" ffrwydrodd Brad.

"Paid siarad fel yna da ni!" gwaeddodd Ceri. "Does gen ti ddim hawl! Ti'n gwneud y lle ma'n uffern i weithio ynddo! A beth am orie cyfreithlon a'r isafswm cyflog? Y! Y? Ryn ni fel caethweision yr oes o'r blaen!" Roedd wyneb Ceri yn mynd yn goch wrth iddo weiddi cymaint.

Tra oedd Ceri'n bloeddio'n ddi-baid, roedd Brad wedi'i heglu hi i'w swyddfa, wrth iddo sylwi bod 4 X 4 anferth o grand a sgleiniog, newydd droi i mewn i faes parcio'r Tebot Express. Erbyn i Ceri orffen ei bregeth roedd Brad yn camu allan yn edrych yn rêl idiot. Roedd ganddo sbectol haul ddu a mwstas ffug o dan ei drwyn. Dechreuodd pawb chwerthin dros y lle!

"Be ar wyneb y ddaear ti'n neud, Brad?!" meddai Tomos, gan wincio ar Blod. "Lle mae'r parti gwisg ffansi?"

"Hmmm" tagodd Brad gan nodio tuag at y drws. Drwy'r gwydr gallent weld clamp o ddyn gyda ffeil o dan ei gesail, yn cerdded at fynediad y caffi.

Rhedodd pawb yn wyllt o gwmpas y lle yn rhoi popeth yn ei le. Roedd Saran yn dal i chwilio am Llew.

"O, ia Brad," ychwanegodd Tomos, yn dal i chwerthin, "dwi ddim yn meddwl y gwnaiff yr edrychiad newydd weithio rhywsut! Cofia bod dy lun di i fyny ar y wal yn fan na."

Pwyntiodd at ffotograffau yr holl staff a'u swyddi oedd yn llenwi'r wal o'u blaenau cyn cychwyn am y toiledau i'w llnau yn reit handi. Gadawodd Brad yno yn edrych yn ofnadwy o flin wrth fustachu i dynnu ei sbectol a'r mwstash. Cyn iddo orffen yn iawn bu'n rhaid iddo frasgamu am y drws a'i agor gan fod y dyn yn sefyll yno yn edrych yn wirion arno. Ac yn chwifio ei ffeil.

Wrth i Brad foesymgrymu i agor y drws camodd y dyn heibio a sefyll ar ganol llawr y caffi. Edrychodd o'i gwmpas a gweld pawb yno'n sefyll fel sowldiwrs wrth y cownter. Doedd gan Brad ddim syniad beth i'w wneud wrth i'r dyn sefyll heb wneud dim, ond edrych o'i gwmpas. O'r diwedd dyma fe'n eistedd wrth y bwrdd agosa a gofyn, mewn llais diamynedd rhywun o ben draw Sir Fôn:

"Panad hefo dau siwgwr, os gwelwch yn dda."

Roedd pawb wedi dychryn. Roedd y dyn mewn siwt ddrud ac yn cario ffeil gan edrych yn hollol bwysig yn actio fel tase fe yn ei ofarôls ar ôl dod o'r sied odro! Fe aeth Ceri i nôl paned iddo a'i rhoi ar y bwrdd o'i flaen.

"Rhywbeth arall... Syr?" gofynnodd yn dal mewn sioc.

"Dyfrig Jôs ydy'r enw, a na, dim diolch. Dwi wedi gweld digon. Mae'r lle ma'n champion," meddai gan lowcio ei de. Cerddodd Brad ato, wedi gwirioni.

"Helo, Dyfrig, fi ydy Brad, sy'n rhedeg y caffi yma. Can mil croeso, yntê."

"S'mai? Well i mi fynd. Ma'r bòs isio fi'n ôl yn syth ar ôl i mi orffan," meddai Dyfrig gan gerdded i gyfeiriad y drws. "Part teimar ydw i ar y job yma, chi. Llnau lôn fydda i fel arfar."

Edrychodd pawb yn wirion arno, a'u cegau'n agored.

"Wel, diolch i chi am roi eich amser," meddai Brad yn llawn sebon gan brysuro ato a gwenu reit yn ei wyneb. "Mae wedi bod yn hyfryd iawn eich cael chi yma efo ni. Ydach chi'n siŵr na chymerwch chi ddim byrgyr cyn mynd? Neu hot fudge sundae? On the house!"

"Iesu, na. Gas gin i blydi fast food. Ond dim bai ar y cynnig. Cherîo, rŵan."

Ond yna fel roedd Dyfrig yn troi i ffarwelio, rhedodd Saran o du ôl i'r cownter wedi cael cip ar Llew y llygoden ac am geisio'i ddal cyn iddo redeg allan! Ymunodd Blod i drio'i helpu, ac yna sgrialodd Ceri ar eu holau. Roedd wyneb Brad yn prysur droi'n goch gydag embaras a dicter! A phwy ymunodd wedyn ar ôl bod yn glanhau'r toiledau, ond Tomos gyda'i fop llawr!

Ond y cyfan a wnaeth Dyfrig oedd chwerthin yn braf am ben y criw i gyd yn rhedeg fel pobol â'r diawl ei hun wrth eu cwt! Roedd pawb yn gweiddi a sgrechian yn wyllt a Dyfrig Jones yn glana chwerthin! Ond am Brad! Roedd e'n edrych fel petai e am gael hartan unrhyw funud.

"Jest gwnewch yn siŵr bod y blydi llygodan wedi mynd erbyn wythnos nesa. Mi fydd na rywun lot mwy strict na fi'n dwad bryd hynny!" meddai Dyfrig gan gerdded allan drwy'r drws a gwên ddiredius ar ei wyneb! Stopiodd yn ei dracs yn sydyn ac estyn waled fach o boced brest ei siwt. Agorodd hi a gwelodd pawb y geiriau sy'n gyrru ofn i galon pob rheolwr caffi: Swyddog Iechyd a Diogelwch.

"Mae Brian Bogiff ei hun ar ei ffordd draw o Lundain, bobol. Hwyl!"

pennod 7

Ben bore trannoeth, cyn bod pethau wedi hanner tawelu ar ôl y miri gyda Llew a Dyfrig Jôs, rhedodd mam a tad Tomos i mewn i'r Tebot Express gan glwcian fel dwy iâr. Roedd eu hwynebau'n goch a'r naill ar ras i gyrraedd eu hannwyl fab cyn y llall.

"Mor blentynnaidd!" mwmblodd Tomos oedd yn eu gwylio o ffenest y cefn. Yn y gegin roedd Gwen i'w chlywed yn ei siarsio i fod yn gwrtais gyda'i rieni ac i obeithio'r gorau gyda'i ganlyniadau TGAU. Bu dipyn o waith cymodi ar ôl ffrae fawr y sôs coch ddechrau'r gwyliau a doedd neb eisiau domestig arall. Gyda'i ben i lawr llusgodd Tomos ei draed i'w cyfeiriad. Tra oedden nhw'n wên i gyd roedd Tomos yn edrych fel petai'r byd ar ben.

"Gwell i mi gael hwnna... i gael y peth drosodd," mwmiodd wrth bwyntio at yr amlen fyddai'n penderfynu ei holl ddyfodol.

"Pob lwc, cyw," gwenodd ei fam.

Rhwygodd Tomos yr amlen a thynnu'r ddalen canlyniadau allan yn sydyn. Sganiodd i lawr y papur: 4C. Ac wedi methu Mathemateg a Saesneg. Llifodd ton o ryddhad drosto. Dim digon da i fynd ymlaen i'r chweched. Haleliwia!

"Be wyt ti wedi'i gael 'y machgan i?" holodd ei dad.

"4C," atebodd Tomos yn llon.

"Y...ym...da iawn ti Tomos," meddai ei fam. Roedd hi'n synnu ei fod yn hapus gyda'i ganlyniadau, achos doedd hi ddim. Wnaeth e adolygu digon, tybed, meddyliodd yn anniddig.

Dihangodd Tomos yn ôl i'r gegin yn sionc ei gerddediad gan adael ei fam a'i dad yn syn wrth y cownter. Cyn iddyn nhw gael cyfle i symud o'r ffordd rhedodd Blod i mewn i'r caffi nerth ei thraed mawr maint 8, gyda'i chanlyniadau yn dynn, dynn yn ei llaw. Carlamodd drwy'r drws i'r gegin a'i phigtêls yn bownsio i fyny ac i lawr gan weiddi ei bod wedi cael 11A ac A*. Roedd pawb yn y gegin wrth eu boddau gyda chanlyniadau'r ddau, a phawb yn rhyfeddu at yr 11A ac A*. I ddathlu cafodd pawb baned o de, os medrech alw'r te o'r peiriant yn de go iawn. Ac fel hogyn bach da, aeth Tomos â dwy baned o goffi a dwy ddonyt allan i'w rieni. Er bod canlyniadau Blod yn anhygoel roedd hi'n teimlo'n gymysglyd rywsut.

"Dwi wedi cael marcie rhy dda i fod yn 'air stewardess'," meddai wrth Saran. "Falle dylwn i ystyried bod yn beilot."

"Dwi'n meddwl y gallet di fod yn unrhyw beth ti moyn!" llefodd Saran.

"A dwi'n tynnu'n nghap i ti," ychwanegodd Tomos. "Ond faswn i ddim yn newid efo chdi. Dwi'n hapus dros ben efo fy mhedair C, diolch yn fawr."

A dyma pawb yn dechrau chwerthin a sgwrsio ar draws ei gilydd am ganlyniadau pob math o arholiad: o brawf gyrru i arholiad ffidil. Cyn iddyn nhw gael cyfle i orffen eu dathliad taranodd Brad i mewn gyda golwg fel petai'n brathu lemon ar ei wyneb.

"Be dach chi'n ei wneud yn lolian, dudes?" gofynnodd yn gras.

"Blod a Tomos sy wedi cael eu canlyniade TGAU," atebodd Gwen. "Bendigedig, Brad bach."

"Does dim angen ymennydd, heb sôn am TGAU, beth bynnag ydy hwnnw, i weithio mewn caffi!" arthiodd Brad.

"Be sydd wedi mynd ar i wic e?" gofynnodd Saran yn dawel yng nghlust Blod.

"Dwi ddim yn gwbod wir," atebodd Blod.

"Pawb i weithio rŵan. Dim shili-shalio. Dach chi'n gwybod ein bod ni efo un aelod yn llai o staff yn brin," gwaeddodd Brad wrth fartsio'n ôl i'w swyddfa. "Ac mae Brain Bogiff ar y ffordd."

Wrth baratoi i weini dechreuodd Blod a Saran holi'i gilydd ynglŷn â beth oedd yn bod ar Ceri – yr aelod staff oedd ar goll. Doedd neb wedi ei weld ers yr halibalŵ gyda'r llygoden a'r arolygwr Dyfrig Jôs. Yn ôl y sôn roedd Brad wedi bod yn trio cysylltu gyda Ceri er mwyn dweud y drefn wrtho am yr araith noson y carioci. Wyddai neb pwy oedd wedi achwyn ond roedd un peth yn sicr: roedd y stori wedi cyrraedd clustiau Brad. A doedd Ceri ddim yn ateb ei ffôn symudol na'r cannoedd o negeseuon tecst a anfonwyd gan Tomos a Saran.

Cyn iddyn nhw gael cyfle i drafod ymhellach cerddodd Brad i mewn unwaith eto a rhestr wirio offer glanhau yn ei law. Brysiodd y merched allan i weini cyn iddyn nhw gael pryd o dafod am siarad yn lle gweithio.

Dim ond llond dwrn o gwsmeriaid oedd yn y caffi, heblaw am rieni Tomos a Wil oedd fel rhan o'r decor, a bu'n rhaid i Blod a Saran ddefnyddio eu gwên fwya melys yn y gobaith o gael tip – peth prin iawn yn y Tebot Express.

Fel arfer roedd y bwyd yn cyrraedd o fewn pum munud i'r archeb. Ond heddiw aeth chwarter awr heibio a dim sôn am fwyd. Rhuthrodd Blod i mewn i'r gegin i gael gair gyda Tomos am fod y cwsmeriaid yn dechrau cwyno.

"Lle ddiawl ma'r bwyd ma?" holodd a'i hwyliau da wedi diflannu. "Mr Jamie Oliver?"

"Dal dy ddŵr! Un pâr o ddwylo sydd gen i," atebodd Tomos.

"Ti'n sylweddoli taw caffi 'FAST food' yw hwn. Dos dim ots sawl llaw sy da ti!" atebodd Blod.

"Mae'n anodd gneud bob dim fy hunan a Ceri ddim yma," rhesymodd Tomos. Wrth iddo fflipio'r byrgyrs a rhoi ysgydwad i'r tsips dechreuodd Blod fynd ar ôl sgwarnog arall.

"Wy wedi bod yn meddwl, ti'n gwbod, Tomos... Ody hi'n bosib mai Ceri oedd y Mini na mewn hwd noson y carioci?"

"Ceri?" Cododd Tomos ei ben a syllu'n syn arni. " Wel, erbyn meddwl, roedd hi'n edrach yn ofnadwy o debyg iddo fo a doedd dim sôn am Ceri pan oedd Mini'n perfformio, nac oedd?"

"Ron nhw'n gywir yr un peth, ti'n gwbod, a mae Ceri'n ddigon merchetedd i basio fel merch. Ond dwi ddim yn meddwl y bydde fe'n gallu canu mor uchel, nag mor dda â'r Mini na. Sôn am ganu'n uchel, alla i ddim stopo chwerthin wrth feddwl am Wil!... Er Saran oedd y gore o bell ffordd. Dyle hi fod wedi cael y wobr. Dim staff yn cael ennill, wir!" cwynodd Blod.

"Ia, roedd hynna'n dan din! Gadael i ni berfformio a

chael cwsmeriaid i mewn, ond dim gadael i ni ennill. Tric gwael," cytunodd Tomos, "ond typical. Ella bod Brad wedi creu'r rheol yna am ei fod o'n methu wynebu'r ffaith ei fod yn 'crap' ac mai fo oedd y gwaetha!"

Wrth i'r ddau ddadlau am y cam a gafodd hi, eisteddai Saran yn y caffi â'i phen yn ei phlu. Ar ôl y digwyddiad gyda Llew roedd hi'n poeni'n arw y byddai ei hanifeiliaid yn cael eu cymryd oddi arni. Ond yn waeth byth byddai rhywun yn siŵr o'u lladd pe bai ei menagerie yn cael ei ddarganfod. Doedd waeth iddi heb â meddwl am fynd â nhw'n ôl gartre chwaith; yr anifeiliaid oedd yn gyfrifol am ei dyledion ac am y cwerylon gyda'i mam.

Roedd yn rhaid iddi wneud rhywbeth, a hynny ar frys. Cododd o'i chadair a gwibio i'r storfa gan godi rhywbeth oedd wedi'i lapio mewn rholiau o bapur toiled pinc o'r gornel bellaf. Yna mân-gamodd ar flaenau ei thraed allan o'r caffi, gan godi llaw ar Wil wrth basio. Unwaith roedd hi allan rhuthrodd tuag at fan y Tebot Express, agor y drws cefn a chuddio'r llygoden a'i chaets ynddi. Diogel, dros dro beth bynnag! Erbyn i Saran gyrraedd yn ôl roedd y bwyd yn barod i'w weini. Fast food ychydig yn arafach na'r disgwyl heddiw. Byddai'n rhaid iddi symud gweddill y creaduriaid yn nes ymlaen.

"Tomos druan!" cydymdeimlodd Saran ag e wrth ei weld yn chwysu uwchben lot arall o fyrgyrs. Ymateb Tomos oedd codi ei aeliau yn yr awyr ac yna rhoi winc secsi iddi.

Gwenodd Saran yn ôl yn swil â'i llygaid yn disgleirio tu ôl i'w sbectol drwchus.

Anghofiodd pawb am ganlyniadau'r TGAU cyn diwedd y bore. Y pwnc trafod pwysig gan bawb o staff y Tebot Express bob cyfle gaen nhw oedd diflaniad Ceri. Dywedai pawb wrth Saran, oedd wedi gwario'i holl arian ar ei ffôn symudol yn anfon negeseuon ato, am ddweud pethau fel "Ceri cariad, rydyn ni'n dy garu di!'" Ond er trio bob math o negeseuon annwyl a doniol, doedd Ceri ddim wedi anfon un neges yn ôl ati o gwbl.

O'r diwedd, penderfynodd Saran ei bod wedi cael digon ar beidio â gwybod ble oedd Ceri, ac ar ôl cinio dywedodd wrth Blod ei bod yn mynd i chwilio amdano.

"Paid â bod mor dwp!" atebodd Blod yng nghanol paratoi pump ysgytlaeth mewn gwahanol liwiau. "Does da ti ddim syniad ble ma fe! Ble rwyt ti'n mynd i ddechre?"

"Y traeth."

"Rhag ofn ei fod e wedi mynd i orwedd no yn y glaw?"

Gwridodd Saran. "Fe ges i gyfeiriad ei fam gan Brad – â i i'w gweld hi te."

"Fydd hi ddim na. Mae hi'n byw ac yn bod mewn cyfarfodydd busnes yn Llundain. Pam rwyt ti'n gweud hyn wrtha i, beth bynnag?" gofynnodd Blod gan brysuro tuag at fwrdd Rhif 8 â hambwrdd trwm yn ei dwylo.

"Roeddwn i'n meddwl y byddet ti isie dod da fi."

"Sori, Sar, ond dwi ddim yn bennu fy shifft tan bump heno."

Cerddodd Brad tuag at y merched, yn cnoi ei ewinedd yn arw.

"Blod," dechreuodd, rhwng cnoadau. "A wnei di gadw llygaid ar y drws rhag ofn i'r swyddog ddod?" Sylwodd ar Saran yn ffidlan gyda'i ffôn wrth gerdded tuag at y drws ffrynt. "Ble wyt ti'n mynd?"

"I chwilio am Ceri." Cerddodd Saran trwy'r drws.

"Cael amser neis!" gwaeddodd ar ei hôl. Trodd ei sylw at Blod eto. Edrychai yn hynod o anniddig. "Plîs?"

"Ble byddwch chi te?" holodd.

"Yn y swyddfa," dechreuodd.

"Yn gwneud beth?"

Lladd fy hun, meddyliodd. "Yn paratoi fy hun ar gyfer cwrdd â Mr. Prif Arolygydd Iechyd a Diogelwch – Brian Bogiff. Dwi newydd gael galwad ffôn o Lundain. Fe fydd Tomos allan fan hyn yn gweithio hefyd – a Wil yn yfed te yn fan cw. Fyddi di ddim ar dy ben dy hun."

"O, olreit," ochneidiodd Blod.

"Cnocia ar ddrws y swyddfa os yw e'n dod, O.K.?"

"Ie, ie, beth bynnag wyt ti eisie, Bòs."

A bant aeth Brad i'w swyddfa – heb ewinedd.

Yn hwyrach y diwrnod hwnnw eisteddai Tomos a'i deulu mewn bwyty tipyn mwy swel yr ochr arall i'r dre – yn cael pryd o fwyd i ddathlu llwyddiant Tomos yn ei TGAU. Doedd dim hanes o fyrgyr na sôs coch ar gyfyl y lle.

"Beth rydych chi am gael i'w fwyta?" gofynnodd mam Tomos i Gwen a Wil wrth iddyn nhw wneud eu hunain yn gyfforddus yn y bwyty Eidaleg, crand.

"Stêc a tsips ddwywaith, plîs," penderfynodd Wil ar ôl sylweddoli ei fod e a Gwen wedi bod yn darllen eu bwydlenni ben i waered.

Syllodd rhieni Tomos ar y ddau gyferbyn â nhw mewn anghrediniaeth.

Roedden nhw wedi gwisgo'n grand, tad Tomos mewn siwt ddu, ddrud, a'i wraig mewn ffrog hir, osgeiddig.

Gwisgai Gwen sgert hen-ffasiwn, liwgar gyda blows oedd i fod yn wyn ond, erbyn heddiw yn agosach at lwyd. Gwisgai Wil ei hoff drowsus llwyd a chrys o gyfnod y 60au, ei fwstas wedi'i gribo'n daclus.

"...A photel o win goch," ychwanegodd Gwen yn ei llais mwyaf posh, wrth gymryd pwff o'i sigâr.

Trodd Wil at Tomos, a oedd yn edrych yn olygus iawn, mewn Levi's a chrys Quiksilver. Roedd wedi gelio ei wallt i berffeithrwydd ac roedd mwy o aroglau Diesel yn dod o'i gyfeiriad e nag oedd o aroglau coginio o'r gegin.

"Beth wyt ti am gael, Tomos?" holodd Wil. "Pitsa caws a thomato, ie?"

"Na," chwarddodd Tomos. Wynebodd ei dad. "Dad, alla i gael Spaghetti Bolognese, os gweli di'n dda?"

"Wrth gwrs," meddai ei dad.

"Gan dy fod," torrodd ei fam ar y drafodaeth, "wedi gweithio ac wedi cael canlyniada mor wych yn dy arholiada." Cyhoeddodd yn uchel er mwyn i bawb yn y bwyty gael clywed. "Mae 11A* yn hollol, hollol wych!"

"MAM!!" sibrydodd Tomos. "Dim ond 4C ges i, a dim ond lwc mwnci oedd hynna."

"SHHHHHH!"

Daeth y gwin yn fuan ac, o fewn pum munud, roedd Gwen a Wil ar eu hail wydraid. Pan ddaeth y ddau stêc a tsips, y Spaghetti Bolognese a'r risotto madarch gwyllt, doedd dim gwin ar ôl, a bu'n rhaid gofyn am botel arall.

"Fy nghariad annwyl," sibrydodd Wil, ond nid aeth ymhellach oherwydd dechreuodd Gwen ganu "You Are So Beautiful To MEEEEEEEE". Bu'r ddau gariad yn canu wrth y bwrdd fel Iona ac Andy, a sylwon nhw ddim ar wynebau'r cwsmeriaid eraill yn y bwyty.

"Felly, Tomos," gofynnodd ei dad iddo. "Sut mae'r

gwaith yn y Tebot Express?"

"Gwych!" gwenodd Tomos o glust i glust wrth iddo fachu ar y cyfle i siarad am yr hyn roedd yn mwynhau ei wneud. "Mae gen i ffrindia grêt: Ceri, sy'n heddychwr, ac yn dipyn bach o bansan; Blod, sydd am fod yn 'air hostess'; Brad, sy'n control freak; Sari…"

"SARI?!" holodd mam Tomos mewn anghrediniaeth. "Math o wisg yw sari."

"Naci, Saran ydy'i henw, ond mod i wedi dechrau'i galw'n Sari. Mae'n Sari'n gantores ffantastig, dach chi'n gwybod."

"Chei di ddim gweithio yno ddim mwy," gorchmynnodd ei dad yn annisgwyl.

"Beth? Pam? Dwi'n hoffi gweithio na."

"Ffrind sy'n bansan, control freak, 'air hostess'…"

"Ond dwi'n fêts efo nhw, Dad," protestiodd Tomos. "Dan ni'n cael lot o sbort."

"Na ydy na, Tomos."

"Ti eisie bach o Chardonnay, Gweni annwyl?" gofynnodd Wil, gan anwybyddu'r ddadl oedd yn digwydd ar ochr arall y bwrdd.

"BLE?" Neidiodd Gwen oddi ar ei sedd, ac edrych yn ddryslyd o'i chwmpas.

"Wnewch chi eistedd, madam?" gofynnodd gweinydd iddi. "Rydych yn torri ar draws mwynhad y cwsmeried eraill." Trodd at Wil. "Wnewch chi reoli'ch gwraig, syr?"

Chwarddodd Wil. "Dim y ngwraig i yw hi to, no! Cariad y mywyd yw hi, dyna i gyd. Gweni, cariad, eistedda i lawr."

Ufuddhaodd Gwen. "Ond fe ddwedest ti dy fod ti wedi gweld Chardonnay sy yn Footballers Wives, Wili bach."

"Naddo, Nain," dywedodd Tomos. "Fe ofynnodd Wil oeddach chi am gael gwydraid o Chardonnay."

Edrychodd Gwen arno'n syn.

"Y gwin?"

"O!! Mae'n flin gen i, Wili. Gawn ni bach o Chardonnay – ie, dyna beth dwi am yfed nawr. Wyt ti eisie gwydred, Tomos? Neu beth am siampên?"

Syllodd rhieni Tomos ar ei gilydd.

"Mae hon yn mynd i fod yn noson hir iawn," ochneidiodd y tad ar yr union eiliad y dechreuodd Gwen a Wil ganu deuawd à la Shirley Bassey ac Aled Jones nes bod y gwydrau ar y bwrdd yn tincian.

pennod 8

Roedd pythefnos wedi llusgo heibio ers Arolwg erchyll y Prif Arolygydd Brian Bogiff, a staff y Tebot Express wedi ymgynnull yn y gegin, pawb fel jeli yn disgwyl am yr adroddiad ysgrifenedig ffurfiol. Roedd galwad ffôn wedi dod yn dweud y byddai'r arolwg yn cael ei anfon drwy express delivery.

"Peidiwch â phoeni," ebe Gwen mewn llais penderfynol. "Bydd popeth yn iawn. Wnaeth yr hen 'Debot Aur' eriôd ffaelu arolwg, a llaw ar fy nghalon, dw i'n ame dim y bydd yn llwyddo to!"

"Peidiwch â rwdlan Nain!" atebodd Tomos. "Welsoch chi wynab Bogiff? Dwi wedi gweld crocodeilod cleniach yn Sw Caer. Ac a bod yn onast rŵan, mae'r bwyd yma'n rwtsh, mae glendid bwyd y staff yn iffi, ac mae Brad, Mr Rheolwr yn wel…"

Tarfwyd ar bregeth Tomos gan sŵn fan yn troi i mewn i'r maes parcio. Neidiodd llanc ifanc ohoni a rhedeg i mewn, rhoi amlen fawr yn nwylo Tomos a dal beiro iddo lofnodi ei fod wedi ei derbyn. Gwnaeth yntau hynny'n syn ac i ffwrdd â'r llanc gan godi ei fawd. Bu tawelwch llethol drwy'r ystafell.

Caeodd drws y swyddfa gydag andros o glec, ac allan ohoni, gyda golwg poenus ar ei wyneb daeth Brad

Carmichael. Roedd wedi gadael i bethau fynd braidd ers arolwg Mr Brian Bogiff. Doedd e ddim wedi bod yn edrych ar ôl ei affro cyt ac edrychai ei wallt fel mwsh pen brwsh. Ac ambell ddiwrnod, fel heddiw, byddai'n anghofio gwisgo ei panty girdle, neu beth bynnag oedd e'n ei alw fe, ac roedd ei fol byrgyrs i'w weld yn bochio dros ymyl ei drowsus.

Cerddodd drwy'r gegin mor urddasol â phosib, ond yn amlwg wedi cynhyrfu, ac ymestyn ei law doeslyd am yr amlen gyda logo'r bwrdd Iechyd a Diogelwch arni. Yr amlen y bu'n aros amdani ers pythefnos. Yr adroddiad! Yn ofalus, agorodd yr amlen, a dechrau darllen:

> *"Annwyl Reolwr a Staff y Tebot Express,*
> *Mae'n ddrwg gennym ni eich hysbysu nad ydych wedi pasio eich arolwg Iechyd a Diogelwch y tro hwn. Cafodd ein Harolygydd, Mr Brian Bogiff ei siomi a'i syfrdanu ar sawl cyfri, ac isod y mae'r pwyntiau y dylech ystyried eu gwella yn eich caffi, erbyn yr arolwg nesaf. Nid ydym yn bwriadu cau eich caffi i lawr yn syth, ond os na fydd pethau wedi gwella erbyn ymweliad nesaf yr arolygwyr, fe fydd yn rhaid gwneud rhywbeth am y mater."*

"Beth ddwedes i? Be oeddwn i wedi ei ddeud wrthoch chi cyn i ni agor y llythyr na? Mi roeddwn i wedi eich rhybuddio!" meddai Tomos yn flin. Roedd yn poeni am ei enw da fel cogydd, a'i obeithion o gael slot teledu cyn bo hir iawn. "Rhaid i ni newid ein ffordd ni o goginio'r bwyd! Mae'r ffyrdd sydd gynnon ni ar hyn o bryd yn warthus! Pwy sydd eisio byrgyrs wedi eu ffrio mewn olew seimllyd sy wedi cael ei ddefnyddio i ffrio donyts! A beth am yr hufen iâ? Wedi cael ei rewi ar dymheredd o -

20°C! Mae o di rhewi mor galed, all neb ei fwyta am o leiaf chwartar awr!"

"Aros am funed, y maban gwyn i! Dyn ni heb glywed y rhestr gwendide to!" atebodd Gwen. "Mlân â ti te, Bradley."

Parhaodd Brad i ddarllen:

"*Hyderwn y byddwch yn newid y canlynol erbyn ein hymweliad nesaf:*
· *Safon hylendid y gegin a'ch staff,*
· *Y dulliau coginio, yn enwedig y byrgyrs,*
· *Budreddi, megis stwmps sigarets ar y llawr ac ati,*
· *Iwnifform addas - dim dillad llac, a dim modrwyau, clymu gwallt yn ôl a.y.y.b.*
Cewch wybod o fewn wythnos pryd bydd yr arolwg nesaf.
Yr eiddoch yn gywir,
Brian Bogiff
(Y Gwir Anrhydeddus, B.Bogiff,OBE)"

Daeth golwg syfrdan i wyneb Brad. Doedd e ddim yn gallu credu'r peth. Y Tebot Express, ei fusnes annwyl e, yn methu'r arolwg cyntaf fel bar byrgyrs! Beth fyddai'r papurau yn ei ddweud? Gallai weld y penawdau'n glir yn ei feddwl:

" SHAMBLS YN Y TEBOT EXPRESS",

neu

"BRAD - BRADYCHWR CEFN GWLAD",

neu hyd yn oed,

"ALL PETHAU FOD YN WAETH AR YR HEN DEPOT?"

A gwaeth na hynny, hyd yn oed, beth fyddai ymateb yr

Express Corporation nôl yn America? Aeth ias drwyddo wrth hyd yn oed meddwl am y peth. Y gwarth, Y GWARTH!

"Eich bai chi ydy hyn Brad, a bai neb arall!" meddai Saran, oedd mor ddiniwed yn dweud y gwir, fel arfer. "Byddwn ni i gyd mas o waith."

"Dos da ti ddim yr hawl i roi'r bai i gyd ar Brad!" atebodd Blod yn annisgwyl. "Ti'n un sy'n gwisgo mwclis a modrwyon trwy'r amser. A ti oedd â'r blydi llygoden na."

Daeth blip o ffôn Saran ac edrychodd ar y neges. "Ceri" gwichiodd. "Ies! O'r diwedd. Well i fi decstio fe nôl, ife? Ma fe jest yn gweud: Helo gan Ceri."

"Dim rŵan," meddai Tomos. Roedd e wedi mwynhau bod yr unig foi ifanc ar y staff, yn cael sylw'r merched i gyd, er ei fod yn cael ei orweithio.

"Rhaid i fi wybod ody e'n ocê!" gwichiodd Saran. "Achos fydde fe ddim wedi gadel heblaw amdana i!"

"Dyw e ddim dy deip di, bach," meddai Wil o'r pellter. "Stica di at Llew."

"Gwen," meddai Blod ar ei draws. "Gwen ych chi'n iawn? Peidiwch llefen! O, diar. Tomos, cer i ôl ffags dy fam-gu. Ma ddi'n ypset!"

Eisteddodd Gwen yn blwmp ar y stôl agosa gan rwbio ei choes ddrwg. Roedd yr wythnosau diwetha o weithio fel merch ugain oed yn y caffi, dau arolwg a noson garioci wedi dweud arni. Edrychai'n hŷn na'i chwe deg mlynedd hyd yn oed ac roedd y garwriaeth efo Wil wedi cymryd lot o'r stwffin ohoni hefyd.

"O Brad! Rwyt ti wedi siomi'r hen Debot Aur," llefodd. "Rwyt ti wedi dwgyd y nghartre i, mywoliaeth i a DYFODOL FY ŴYR, TOMOS! Paid ti â meddwl y galli di ddwgyd parch y Tebot Express oddi arno hefyd. Ti'n clywed?"

Cymeradwyo o bell yn unig a wnâi Wil, gan fanteisio ar y cyfle i'w helpu ei hun i hufen iâ a choffi bob yn ail i gadw ei lefelau egni'n uchel rhag ofn y byddai pethau'n mynd yn flêr iawn!

Parhaodd y ffraeo tra bu pawb yn mynd drwy lythyr yr arolygydd gyda chrib fân. Trwy'r cwbl yr unig beth a wnâi Brad oedd sefyll yn stond fel delw yn syllu ar y wal. Pam roedd hyn i gyd yn digwydd iddo fe? Roedd y Tebot Express i fod yn gychwyn newydd iddo fe, yn ail gyfle i wneud ei farc ym myd y byrgyrs, ac i wneud ei ffortiwn ar yr un pryd. Yn awr, roedd y cyfan yn bygwth dadfeilio'n deilchion wrth ei draed. Meddyliodd am y Mercedes mawr arian tu allan, y mobeil hôm moethus ar y safle carafanau yn y Borth, a'i enw da fel rheolwr bar byrgyrs: yr unig bethau oedd yn gwneud bywyd yn werth ei fyw. Nawr, roedd e mewn perygl o golli'r cyfan.

"STOPIWCH!"

Daeth pawb i stop yn sydyn.

"STOPIWCH Y MUNUD YMA! NEU MI GEWCH CHI I GYD Y SAC! "

A bu tawelwch.

"Nawr, pawb yn ôl i'w waith, neu byddwch chi allan o ma yn gyflymach na'r 'New York Jets'! Ydy pawb yn deall? Mae'n ddigon drwg bod ffigyrau gwerthiant y byrgyrs yn isel a bod ni wedi methu arolwg, heb ddechrau cael staff yn cweryla ymhlith ei gilydd!"

Mewn tymer, cerddodd Brad yn ôl i'w swyddfa i geisio ymdawelu. Ac yno y bu am yn hir iawn, yn meddwl am y siom a gafodd gyda chanlyniad yr arolwg a'r cyfan y gallai hynny ei olygu iddo fe'n bersonol a'i gynlluniau.

Ar yr un pryd safai Tomos yn stond yn ei unfan, yn chwibanu rhyw dôn ddi-diwn. Roedd Brad wedi chwalu ei obeithion e, a hapusrwydd Gwen, ei nain. Trwy ryw gamgymeriad yn y banc neu rywle arall, roedd hi wedi cael llai na hanner ei werth am y Tebot Aur, ac roedd dyfodol y busnes dan fygythiad nawr oherwydd gwerthiant isel y byrgyrs. Beth oedd yn mynd i ddigwydd iddyn nhw? Y peth gwaethaf posib oedd y byddai'n rhaid iddo fynd yn ei ôl i fyw adre a'i gynffon rhwng ei goesau. Daeth stwmp mawr i'w stumog wrth ddim ond meddwl am y peth.

Ac yna, tra oedd y meddyliau gofidus hyn yn troi yn ei feddwl, digwyddodd llygad Tomos daro ar weddill post y bore oedd ar lawr tu ôl i'r drws. A gwelodd amlen fawr flêr a'i enw fe arni mewn llaw sgrifen traed brain. Llaw sgrifen traed brain roedd e'n ei nabod yn iawn o'i ddyddiau ysgol. Gan anghofio'r cwbl am ei broblemau, a phroblemau mwy y Tebot Express, llamodd am yr amlen a'i rhwygo'n agored gan grochlefain: "Osian Wyn, chdi ydy'n mêt gora i, washi! Gei di wy pan ga i iâr!!"

Erbyn hyn roedd Blod a Saran yn y gegin yn ceisio newid yr olew ffrio, Gwen yn y toiledau'n rhegi o dan ei gwynt a Wil yn dechrau darllen y Times am yr ail waith y diwrnod hwnnw. Llamodd Tomos i'r ystafell, gan wenu fel giât fawr lydan.

"Pam wyt ti mor hapus?" holodd Blod, gan fflicio rhes o gwpanau plastig oddi ar y bwrdd seimllyd i'r bin i wneud lle i jar olew fawr.

"Dyfalwch," gwenodd Tomos.

Goleuodd wyneb Saran ar unwaith. "Ody Brad wedi newid ei feddwl am y bwyd? O dim mwy o'r byrgyrs cas na…" Llithrodd i freuddwyd am fywyd heb fyrgyrs.

"Na, gwell na hynny!"

"O jest gwed wrthon ni. Dos da ni ddim trw'r dydd!" ochneidiodd Blod yn ddiamynedd.

Yn wên o glust i glust, estynnodd Tomos dri thocyn disglair o'i boced.

"Dw i wedi cael tocynna i fynd i weld y Stereophonics, heno!" Edrychodd Saran braidd yn siomedig, ond roedd Blod wrth ei bodd. "Grêt! Rock on Tomos!" meddai gan giledrych ar Saran.

Wedi ei chynhyrfu gan yr holl sŵn, daeth Gwen o'r tai bach, ei gwallt fel nyth brân ar ôl sgrwbio'r lloriau. "Stereophonics? O am sŵn erchyll! Bydde'n well da fi fynd i weld rhywun safonol fel Bryn Terfel neu Shirley Bassey!" Pwysodd ar ei mop drewllyd a chrafu'i phen.

"Wel, does dim pwynt cadw'r siop ar agor nawr," esboniodd Tomos. "Dwi'n cynnig ein bod ni'n cael diwrnod neu'n hytrach noson i'r brenin. Rown ni arwydd ar y drws. WEDI CAU I LANHAU. Nain, newch chi ffafr â ni a deud wrth Brad? Diolch!"

Cyn i Gwen gael siawns i agor ei cheg, roedd y tri allan drwy'r drws yn gyflymach na chwsmeriaid y caffi ar y dydd agoriadol. Ochneidiodd Gwen a thaflu'r mop a'i menig pinc ar y llawr.

"Wil, dere da fi! Os yw pawb arall yn mynd mas i joio – ry'n ni'n mynd 'fyd. Dwi'n ffansïo'r sinema!" Yna gwaeddodd nerth ei phen, "Brad! Brad! Ni off! Cer i lanhau dy doilets dy hunan! Ta-ra!"

* * *

Swagrodd Tomos trwy'r drws i'r gig, yn ei drowsus

'welwch chi fi' lledr, ei wallt melyn wedi ei 'sbeicio' i, crys tyn a'i shêds sgleiniog - yn amlwg yn hela am ferch wrth i'w lygaid browla o amgylch y neuadd llawn talent. Roedd yr ystafell yn dywyll, ac yn llawn mwg. Anelodd Tomos at y cadeiriau tyllog ar bwys y bar yn y gornel. Taflodd gip ar y sgwâr dawnsio, yn llawn merched a bechgyn wedi eu gwasgu yn ei gilydd, a cherddoriaeth y Stereophonics yn denu pawb at y llwyfan. Roedd pawb yn ymlacio ac yn edrych ymlaen am noson i'w chofio.

Gwelodd Blod yn dawnsio yn eu canol. Yn syth, roedd yn teimlo bod yn rhaid iddo fynd ati. Cerddodd yn araf gan feddwl ei fod yn cŵl ac yn 'it'. Ond fe gafodd hynny ei chwalu pan faglodd dros droed rhywun meddw a chwympo yn fflat ar ei wyneb ar y llawr, llychlyd o'i flaen. Roedd dwy eiliad o dawelwch, cyn i'r criw o'i amgylch chwerthin, gan gynnwys Blod. Cododd, rhoi ei ddwylo trwy'i wallt a cherdded yn dalog i ddiogelwch y tŷ bach.

"Blod! Blodyn!" bloeddiodd Saran ar draws y neuadd.

"Doedd dim gobaith gan Blod ei chlywed ond drwy lwc fe gwrddon nhw â'i gilydd yng nghanol y lle dawnsio.

"Welest ti Tomos yn gwneud ffŵl o'i hunan, to?"

"Do! Bechod! Dim dyma'i noson e, nage!"

"Ti'n dal yn gêm?" edrychodd Blod ar ei ffrind a'i llygaid yn gloywi.

"Odw. Ti?" Cerddodd y ddwy law yn llaw at dai bach y merched yn chwerthin yn uchel gan daflu winc ar ferch nobl oedd yn sefyll wrth y bar.

Cerddodd Tomos o'r tŷ bach a dwy belen o bapur, coch wedi'u stwffio i fyny ei drwyn. Dechreuodd pawb chwerthin ar ei ben, ond fe benderfynodd Tomos eu hanwybyddu a pharhau â'i helfa.

"Reit wyt ti'n barod?" holodd Blod, Saran.

"Odw! Ryn ni'n mynd i gael sbort," chwarddodd.

"Reit, cofia paid â dechre chwerthin, Mae'n rhaid i ti fod yn cŵl."

"Iawn".

Cerddodd Saran allan o'r tai bach gan ysgwyd ei phen ôl yn awgrymog. Gwisgai sgert denim hyd at ei phen glin, esgidiau sodlau uchel a thop tyn yn amlinellu ei chorff perffaith. Fe ddenodd hi sylw Tomos yn syth.

"Sari, Haia! Sut wyt ti? Waw, ti'n edrych yn… waw!" meddai Tomos yn llawn edmygedd ohoni ac am unwaith yn brin o eiriau hyd yn oed.

"Wel diolch Tomos," atebodd Saran mewn llais dwfn rhywiol. "Wyt ti'n cael amser da te?"

"Wel ydw, rŵan." Gwenodd y ddau ar ei gilydd am eiliad neu ddwy, yna fe edrychodd Saran i ffwrdd. Aeth Saran yn glòs, glòs at Tomos a sibrwd yn ei glust: "Yn y stordy mewn deg muned. Dere ar dy ben dy hunan." Ac fe gerddodd hi i ffwrdd tuag at y tai bach gan ei adael yn gwenu o glust i glust. O gornel arall y neuadd cerddodd Blod ato.

"Helo, Secsi!" dywedodd. Edrychai'n arbennig o ddeniadol mewn trowsus gwyn llac a thop du oedd yn dangos ei lliw haul.

"O haia, Blod!"

Cyffyrddodd ei gwefusau'n chwareus yn erbyn ei glust.

"Dwi'n teimlo fel gwneud rhywbeth gwyllt heno. Beth amdanat ti?"

"Tydw i ddim yn un i wrthod cyfla."

Cydiodd Blod yn ei goler yn chwareus a'i dynnu tuag ati'n dynn a sibrwd, "Yn y stordy mewn pum muned. Dere ar dy ben dy hunan." Ac fe ddiflannodd trwy ganol y dawnswyr i sŵn pwerus 'The Bartender and the Thief'.

Roedd breuddwydion Tomos wedi dod yn wir. Dwy bishyn pert, mewn stordy, gyda'r 'sex machine.' Perffaith. Sleifiodd Tomos yn araf tuag at y stordy. Roedd yn nerfus, ond eto'n ffyddiog o'i sgiliau carwriaethol. Fe gydiodd yn nolen y drws, a'i throi'n araf. Roedd chwys yn diferu o'i dalcen. Camodd i mewn i dywyllwch llonydd.

"Barod ferched! Ma'r Duw rhyw wedi cyrraedd!"

"W! Dw i'n teimlo'n secsi! Dere ma hync!"

Clywodd lais dieithr. Dychrynodd. Ffeindiodd y swits.

Llanwyd yr ystafell a goleuni. Yn sefyll o'i flaen roedd Pegi Plwm, y ferch fwya nobl yn yr ardal i gyd.

"*$@*!@&%!!! Gad lonydd i mi! Help! AAAAA!"

Rhuthrodd y carwr mawr allan o'r ystafell yn wyllt gacwn gan adael tair merch yn lladd eu hunain gan chwerthin.

* * *

Gorweddai Saran yn ei gwely y noson honno, wedi ei chyffroi gan ddigwyddiadau'r noson. Wrth iddi gau ei llygaid, yn araf, clywodd ddau "bîp" tawel. Roedd y ffôn symudol ar y bwrdd drws nesa iddi wedi derbyn tecst. Cododd Saran y ffôn yn araf a rhwbio ei llygaid i drio gweld yn well. Goleuai neges eithaf byr yn dweud, "Haia Sar. Fi'n ffein. Angen bach o amser i sorto fy hunan mas. Cariad i bawb! Ceri xxx"

pennod 9

Wil oedd y cwsmer cynta y bore wedyn, fel bob bore. A dyna lle'r oedd yn sipian ei goffi ac yn edrych ar y byd yn mynd heibio pan gerddodd Gwen drwy'r drws a hencian heibio iddo heb ei weld. Dim ond cael a chael fu iddo ei nabod hi, a dweud y gwir, achos roedd hi'n edrych yn hollol wahanol iddi hi ei hun mewn cyrlers a slipars a hen ofyrôl oren.

"Gwen," sibrydodd Wil. "Gweni?"

Trodd Gwen yn ei hunfan fel petai ar awtomatig pan glywodd e'n galw ei henw ac eisteddodd yn blwmp wrth ei ochr. A dyna pryd y sylwodd Wil ar yr amlen wen oedd yn agored yn ei llaw.

"Newyddion drwg?" mentrodd.

Ddywedodd hi ddim gair o'i phen, dim ond estyn yr amlen iddo.

Datganiad banc oedd e. Cododd Wil ei aeliau i ofyn caniatâd cyn dechrau pori drwy'r datganiad yn fanwl. Estynnodd ei sbectol i gael gweld yn iawn.

"Doeddwn i ddim yn credu'r ferch na pan wedodd hi cyn lleied oedd yn y cyfri," meddai Gwen. "Ro'n i'n meddwl mai rhywun ar brofiad gwaith neu rywbeth odd hi. Ond rodd hi'n iawn."

"Ma rhyw gamgymeriad wedi bod," meddai Wil yn

bwyllog. Doedd e ddim wedi bod yn athro Mathemateg am dri deg mlynedd i ddim byd.

"A dwi wedi cael llond bola!" ebychodd Gwen a'i bochau'n dechrau cochi. "Hon yw'r hoelen ola yn yr arch." Teimlai fel petai llosgfynydd yn ffrwydro yn ei phen a'r lafa'n tasgu i bob man. "Dwi'n mynd i gael cwpwl o eiriau gyda Brad."

"Brad?" Doedd Wil ddim yn deall.

"Ie. Os nad camgymeriad y banc yw e, ma fe'n bownd o fod yn gamgymeriad Brad a'i hen gwmni dwy a dime."

Cerddodd yn browd a phenderfynol fel brenhines i swyddfa Brad. Agorodd y drws.

"Hei Bradley!" bygythiodd, "dwi'n moyn gair da ti! Nawr."

"Gallwch gweld fy mod yn brysur," dywedodd Brad yn oerllyd.

Trodd Gwen ei phen i'r cyfeiriad roedd Brad yn edrych a dyna lle'r oedd dyn â bola mawr tew a lliw haul bendigedig mewn crys a lluniau coed palmwydd arno yn sefyll wrth ymyl y ffenest.

"Howdy, lady," meddai'r bola gan estyn ei fraich i ysgwyd llaw efo Gwen. "Chuck Sheldon. Prif sheriff yr Express Corporation, State of California. Pleased to meet, you honey."

"Prif arolygwr cwmni yr Express Coproration," cyfieithodd Brad.

"Bore da." Ysgwyd llaw yn reit llipa wnaeth hi cyn troi i wynebu Brad.

"Ti wedi nhwyllo i! Ble mae gweddill o'n arian i?"

"Pardwn?"

"Yr arian am y caffi ma, y pwrsyn. A wedyn ti'n neud mess o bethe. Sot ti wedi codi busnes lan ma! Rodd y lle

93

yn well pan on i'n ei redeg e! Dwyt ti ddim ffit i redeg tuck shop heb sôn am gaffi mawr."

Dechreuodd ceg Brad agor a chau fel petai e'n ceisio dal gwybed. Edrychai'r Chuck sheriff o'r naill i'r llall. Roedd yr holl ffrae fel petai'n codi awydd chwerthin arno fe.

"Wel, mi fyddech chi'n dal i'w redeg o heblaw eich bod chi wedi arwyddo y caffi i'r Express Corporation," meddai Brad gan geisio gwenu ar y naill a'r llall. "Eich bai chi ydy o."

"Ond fe wedest ti y gallwn i dy helpu ti i redeg y lle."

"Na, Gwen fach, fe arwyddoch chi'r Tebot i ni," atgoffodd Brad. "Lock, stock and barrel, sweetie pie!"

"Y diawl!!" sgrechiodd Gwen

Erbyn hyn roedd wyneb y sheriff yn bictiwr.

"Wel, am fenyw a hanner!" chwarddodd. Edrychodd Gwen yn ddigon hyll arno. "Fyddech chi'n hoffi bod yn rheolwraig cangen newydd o'r cwmni – y Cappucino Express – sydd ar fin agor ger Barcelona?"

"Rych chi ddynion i gyd yr un peth! Stwffiwch eich cangen newydd lle nad yw'r haul yn tywynnu!" bloeddiodd Gwen gan daranu allan o'r swyddfa.

Cerddodd Gwen yn syth at y cownter ac eisteddodd wrth y til. Yno, roedd cyfrifon y diwrnod cynt wedi eu hargraffu a'u gadael i unrhyw un eu gweld. A doedd dim angen bod yn athro Mathemateg na dim byd arall i sylwi fod yr arian yn brin unwaith eto. Deg punt eto'r tro hwn. Pwy yn y byd, meddyliodd Gwen. Tybed ai Saran oedd ar y gêm, neu hyd yn oed Brad ei hun. Roedd yn anodd gwybod beth i feddwl. Welodd Gwen mo Blod yn cerdded i mewn tra oedd hi'n crafu ei phen uwchben y broblem newydd yma, ac yn ceisio peidio â meddwl am arian llawer iawn mwy oedd ar goll.

"Heia Gwen. Paid â gweud fod mwy o arian wedi mynd ar goll o'r til! Rhaid mai rhywun oedd ar y shifft ola neithiwr sy wrthi. "

"Tomi oedd yr ola i gwpla neithiwr. Paid ti MEIDDIO tynnu enw Tomos i mewn i hyn!" Roedd Gwen wedi ailgynnau fel tân eithin mewn gwynt. "Efallai mai ti yw e!" Syllodd Blod ar Gwen, a'i llygaid yn fflachio cyn troi a hencio i'r cefn am smôc.

Agorodd y drws ar hynny a cherddodd cwsmeriaid newydd i mewn. (A dweud y gwir dim ond cwsmeriaid newydd (a Wil) oedd yn dod yno erbyn byn. Cadw draw a wnâi'r hen rai.) Roedd y rhain yn newydd i'r ardal ac yn chwilio am rywle neis i ymlacio a bwyta. Archebon nhw fyrgyrs a choffi a hot fudge sundae ac eistedd wrth fwrdd yn y cornel. Cyn pen fawr o dro roedd y bwyd o'u blaenau a Blod wrth eu hochr yn gwenu arnyn nhw.

"Mwynhewch eich bwyd!" meddai hi'n siriol cyn cerdded nôl at y cownter i gael golwg ar slipiau til y noson cynt drosti ei hun. Dechreuon nhw fwrw i mewn i'r plataid cyn stopio'n stond.

"Oes rhywbeth yn bod?" holodd Blod. Cerddodd y dyn ati a sefyll o'i flaen, a'i drwyn yn wyneb Blod.

"Mae'r bwyd yma'n WARTHUS!! Mae'n galed. A blas yr hufen iâ fel mwd, medde'r crwt."

Ymddangosodd Tomos wrth y cownter, wedi clywed y swn ffraeo o'r cefn.

"Mae'r cig yn dod o'r Ariannin. Dydy o ddim cystal â chig Cymru, ydy o?" holodd yn broffesiynol.

Edrychodd y dyn arno a'i lygaid yn llawn tân.

"Dwi eisiau fy arian i nôl."

"Mae'n flin gen i, ond alla i ddim gwneud hynny," mwmiodd Blod. "Hoffech chi gael gair gyda'r rheolwr?"

"Dwi eisiau fy arian NÔL!!" gwaeddodd y dyn eto a'i wyneb fel tomato. Estynnodd Blod yr arian y tro hwn, gan edrych ar Tomos. Trodd y dyn a gadael y caffi gan dynnu ei grwt a'i gariad gydag e.

"Go drapia! Cwsmer arall wedi mynd. Fe gawn ni enw drwg fel hyn."

"Mae gen i syniad am y lle ma," dywedodd Tomos gan eistedd yn hamddenol ar stôl wrth y cownter a chrafu ei ên. "Be taswn i'n coginio petha Cymreig fel bara lawr a cawl llysia ac ati yn lle'r rwtsh Americanaidd yma?"

"Hei, syniad da, bachan!" gwenodd Wil, oedd yn Gymro i'r carn. "Ond cadw fe'n dawel am nawr. Ryn ni wedi cael mwy na digon o dwrw am un bore."

Yn y cyfamser heb yn wybod i Brad, roedd Chuck wedi mynd yn syth i'r ganolfan waith yn y dre ar ôl y ffrae rhwng Brad a Gwen a phenodi gweithiwr newydd i'r Tebot Express. Gwnaeth hynny i wella'r broblem staffio, achos doedd Ceri byth wedi dod yn ôl. Roedd Chuck wedi mynnu bod yn rhaid iddo gael rhywun lleol allai gychwyn yn syth. Ac ni chafodd ei siomi.

Drannoeth daeth i mewn yn gynnar a martsio ar ei union drwodd i'r gegin i gyflwyno'r gweithiwr newydd. Wrth ei gynffon roedd clamp o ferch nobl.

Wrthi'n cael rhyw baned bach a chwyno ymysg ei gilydd roedd pawb.

"Howdy, folks! Mae gen i rywbeth i helpu gyda'r gwaith trwm. Rwy'n cyflwyno i chi Mela Morris!"

"Holy smoke, honna yn fy nghegin i!" ebychodd Brad

a gofiodd ar unwaith mai Mela oedd y ferch ddaeth â'r tarw i mewn i'r Tebot ar y diwrnod cyntaf. "Mae'n hi neu fi..."

"Ym, oes yna broblem Brad neu hoffech chi imi nodi yn yr adroddiad fod yna brinder staff yma sy'n medru delio â'r gwaith?"

"Na fydd hi'n ast o fry," atebodd Brad o dan ei anadl.

"Pardwn?"

"Na fydd hi'n anrhydedd o fry!"

"Da iawn, wel siapwch hi mae'r gyrru-trwodd yn agor mewn hanner awr a dwi eisiau gweld y byrgyrs yna yn y ceir mor gyflym â mellt!" meddai Chuck y sheriff gan gerdded allan a golwg benderfynol arno.

"Glywest ti hynna?" sibrydodd Blod wrth Tomos. "Fi'n ffaelu credu'r Brad na, y mwlsyn dau wynebog."

"Dwi'n gwbod. Mi fasa fo'n gwerthu'i nain i gadw'r caffi ma."

Daeth Brad draw at Mela.

"Reit, well i ti fihafio yma neu fe fydd gwahanol fath o gig yn y byrgyrs na... O man, beth yw'r drewdod yna?"

" O fi yw hwnna. Wi di godro chwe deg buwch bore 'ma a nath Beryl un o'n Freisians ni bisho arna i a dodd dim digon o amser da fi i newid. Sori Brad."

"Mr Carmichael i ti. A ma na iwnifform newydd yn y storfa."

"Mewn fan hyn ife, Brad?"

"Ie!"

Cerddodd Mela ling-di-long ar hyd y coridor tuag at yr arwydd 'Preifat Staff yn Unig'.

"O a Mela, caua'r drws yn syth unwaith wyt ti mewn, rhag ofn i ti godi ofn ar rywun o'r cyhoedd!"

Yn ufudd am unwaith, aeth Mela i mewn a chau'r drws

gan chwilio am y swits golau yn y tywyllwch llwyr. Ymestynnodd ei llaw a gafael mewn rhywbeth blewog. Siwmper rhywun, meddyliodd. Ond yn sydyn, symudodd y siwmper a sgrechiodd Mela. Saethodd llaw ar draws ei cheg yn ei hatal rhag anadlu. "Cau hi."

Daeth y golau arno a syllodd Mela yn hurt ar sw hynod o anifeiliaid pitw mewn gwahanol gaetsys o'i blaen. Yn eu canol, yn mwytho llygoden fawr roedd Saran. "Beth yffach!?"

"Hisht w! Falle ddeith rhywun mewn!" hisiodd Saran.

"Beth uffarn yw'r rhein?"

"Anifeilied fi!"

"Dim anifeilied yw'r rhain. Ti'n ffaelu godro nhw! Grynda, allen i neud â châl brownie point da'r Brad na. Be sy'n stopio fi rhag dweud wrtho fe am hyn?"

"Ti ddim am ddweud wyt ti?"

"Falle... falle na."

"Plîs, paid! Sdim unman yn y byd da fi i'w cadw nhw. Buon nhw yn fan y cwmni am sbel fach ond ron nhw'n mynd yn dost wrth drafaelu ac yn chwydu dros bobman. Plîs."

"Os nei di helpu fi cael cig anifeilied fy nhad ma, efallai gadwa i'n dawel..."

Edrychodd Saran i fyw llygaid Mela. Fel llysieuraig o argyhoeddiad, doedd hwn ddim yn ddewis hawdd iddi hi. Os oedd e'n ddewis o gwbwl.

"Iawn!"

Roedd rhywbeth wedi mynd o'i le gyda system awyru'r Tebot Express ac erbyn tua phedwar o'r gloch y pnawn roedd y lle fel popty. Daeth Tomos a Blod â'u diod oer allan i'r maes parcio. Wrth y drws roedd clamp o feic Kawasaki wedi ei barcio – fel arth fawr yn cysgu. Doedd dim golwg o'i berchennog mewn dillad lledr yn unman ac roedd y demtasiwn yn ormod i Tomos. Dringodd arno a'i ddwylo'n dynn ar y cyrn. Daeth Blod i eistedd tu ôl iddo a'i phen ar ei gefn. Roedd o'n deimlad braf teimlo eu bod nhw'n cychwyn ar daith i rywle. Yn ffrindiau o'r diwedd.

"Iesgyrn 'ma Brad yn edrych yn ofnadwy!" ebychodd Tomos toc. "Mae o wedi heneiddio tua deg mlynadd yn ddiweddar! Welist ti'r bagia duon sy gynno fo dan i lygaid? Fel bagia te."

"Do, ma fe'n edrych fel Siôn Corn ar ôl noson o yfed yng Nghaerdydd," cytunodd Blod.

"Be ti'n feddwl sy'n bod arno fo? Hiraeth?"

"Poeni am y busnes, siŵr iawn. Mae Chuck yn treulio orie yn mynd trwy bob archeb a drôr gyda crib fân. Dydy hi ddim ond mater o amser cyn y ffeindith e fod na arian ar goll o'r til."

Ar y gair trodd Chuck ei Cherokee mawr i mewn i'r maes parcio a dod i stop yr ochr bella iddyn nhw. Roedd yn canu'r corn yn ddi-baid. Yna fel dyn gwyllt o'r coed neidiodd allan o'r car a martsio heibio iddyn nhw i'r Tebot yn chwifio copi o'r Aber News fel fflag.

"Brad?" rhuodd. "Brad, dere ma."

Agorodd drws y swyddfa a gwelodd Tomos a Blod Brad yn cripio allan. Doedd dim angen gwisgo panty girdle arno erbyn hyn gan ei fod wedi colli cymaint o bwysau yn yr wythnos ers i Chuck gyrraedd o Galiffornia. Roedd fel cysgod o'r hen Brad balch gynt.

"Beth yw hyn? Y? Wel?"

"Wel, dwi ddim yn siŵr gan eich bod yn ei chwifio o

flaen fy nhrwyn yn hytrach na'i ddangos i mi, sir," atebodd braidd Brad braidd yn haerllug.

"Paid ti â dangos dy natur i fi," rhybuddiodd Chuck. "Mae llythyr o gŵyn yn y papur ma, yn achwyn fod staff y Tebot Express yn ara, a bod chwe pensiynwr wedi cael deiyria ar ôl bod yma! Rwyt ti wedi tynnu enw'r cwmni trwy'r baw, Brad, does gen ti ddim owns o falchder corfforaethol a… Wel, Brad, be sy gen ti i'w ddweud?"

Edrychodd Blod a Tomos ar ei gilydd ac yna ar Brad.

Am unwaith doedd gan Brad ddim byd o gwbl i'w ddweud.

pennod 10

Cerddodd Brad i mewn i gegin y Tebot Express.

"Reit. Rho'r posteri ma yn ffenast y caffi Blod!... Rŵan!..." bloeddiodd, gan ei bod hi'n ei anwybyddu'n llwyr. Daliodd i gyfarth gorchmynion: "Tomos, dos i ddechra coginio'r byrgyrs na. Gwen, mae'r llawr ma mor fudr â buarth Bryn Dewin! O, a Mela... Dos i roi cymorth i Tomos, there's a honey pie."

Cyn i unrhyw un gael y cyfle i gwyno, trodd Brad ar ei sawdl a diflannu i'w swyddfa. Rhoddodd Blod bosteri ym mhob twll a chornel o'r caffi, yna sylweddolodd fod Wil yn eistedd yn ei sedd arferol, yn syllu arni.

"Ar gyfer beth mae'r posteri ma?" holodd Wil.

"Un o syniade'r 'Sheriff' am sut i godi arian. Mae e am i ni gynnal partïon i blant yn y stafell fach. Dwi ddim yn cytuno. Caffi yw hwn, dim lle chwarae i blant bach!" atebodd Blod.

"Dwi'n cytuno'n llwyr, Blodyn... A wel..." Manteisiodd Wil ar y cyfle i holi Blod am rywbeth oedd wedi bod yng nghefn ei feddwl ers tro. Gyda llaw, ble mae'r Ceri na nawr? Dwi ddim wedi ei weld e ers sbel?"

"Does neb yn gwbod, mae e wedi diflannu!"

"Mae'r caffi'n well hebddo fe! Dych chi ddim isie rhyw fachgen ponslyd yn gweithio ma. Colli cwsmeried i chi,

Blod fach."

"Wel, pawb fel y bo," atebodd Blod, gan barhau i roi'r posteri ar y wal. "A chofiwch, dyw hyd yn oed Shirley Bassey ddim at ddant pawb!"

Pan gyrhaeddodd y parti cyntaf y diwrnod wedyn, cafodd gweithwyr y Tebot Express eu dychryn wrth weld faint o blant oedd na i'w diddanu. Roedd o leiaf bymtheg.

"Helo! Chi sy wedi dod i'r stafell fach ar gyfer parti ife?" gofynnodd Saran gan geisio ymddangos yn siriol.

"Ie, ydy popeth yn barod?" gofynnodd y fam.

"Ydy. Dilynwch fi, dangosa i chi ble i fynd."

Dilynodd y plant Saran i'r ystafell fach oedd wedi ei haddurno. Roedd hi wedi bod yn chwythu balŵns a pheintio baneri drwy'r bore. Roedd y ferch fach benfelen wyth oed, Megan, oedd yn dathlu ei phen blwydd, yn gwenu o glust i glust.

Arhosodd y rhieni nes bod y plant wedi eistedd i lawr, ac wedyn medden nhw, "Hwyl! Welwn ni chi mewn rhyw awr a hanner blantos!" a cherdded am y drws.

"Ble chi'n mynd?" gofynnodd Saran yn syn.

"O, i'r dafarn dros y ffordd am beint neu ddou. Chi'n gwbod, Tafarn y Sosban!"

"Chi'n gadael y plant da ni?" gofynnodd Saran.

"Ond bydd ffôn bach da ni," atebodd y tad gan chwifio T-mobile newydd sbon dan ei thrwyn. "Hwyl!" A chyn iddi gael cyfle i ofyn am rif y ffôn symudol hyd yn oed, i ffwrdd â nhw.

"O, na!" sibrydodd gan syllu ar yr holl blant gwinglyd, sgrechlyd o gwmpas ei thraed. "Beth ni'n mynd i'w neud â nhw?" Ond yna fe ddaeth syniad i'w phen, syniad hollol ffandabidosi. Daeth gwên gyfrwys i'w hwyneb ac edrychodd o'i chwmpas gan ofyn yn gyffrous: "Ble mae Mela... Mae gen i syniad!?!"

Awr a hanner yn hwyrach, ond ychydig yn gynt na'r disgwyl er hynny, daeth y rhieni i mewn drwy ddrws y caffi yn rhyw giglan chwerthin. Cerddodd y fam ychydig yn sigledig at y stafell fach ac agor y drws. Yna sgrechiodd mor uchel nes stopio pawb yn eu tracs.

Yno, roedd y plantos bach annwyl i gyd, ynghyd â Saran a Mela yn rhannu eu te parti gyda tharantiwla, llygoden fawr, sef Llew, cena pry gwirion, chwech gerbil, a neidr frown a llwyd. A gwaeth byth, roedd y neidr wedi cordeddu o gwmpas gwddf Megan!!! Roedd na forgrug yn y jeli, a rhywbeth a edrychai'n debyg iawn i ôl traed llygoden yn y brechdanau! Roedd yna batsyn gwlyb ar y carped. Does dim angen dweud pam...

Neidiodd Saran a Mela ar eu traed wrth i'r fam ddechrau sgrechian. Roedden nhw wedi bod wrth eu boddau, ac roedd y plant wedi mwynhau hefyd, ond rhaid i bob peth da ddod i ben a nawr oedd yr amser i hynny, cyn i'r fam gael ffit yn y fan a'r lle!

"Beth yn byd?!? Parti oedd hwn i fod, parti diniwed! Beth ma rhieni'r plant ma yn mynd i weud am hyn? Megan, tynn y neidir na oddi ar dy wddwg ar unwaith. Wyt ti ddim yn gwbod eu bod nhw'n cnoi?..."

"CNOI... Byth! Ma'r neidir ma yn hollol ddiniwed!"

"Wel, rown i'n meddwl dy fod ti'n ferch fawr, wyth oed, gall, ond dwi ddim mor siŵr erbyn hyn," gwaeddodd y fam.

"Roedd y plant yn cael sbri, yn union yr un fath â chi yn y dafarn!" atebodd Saran.

Mewn mater o eiliadau trodd lliw y fam o binc tywyll i

biws! Roedd hi'n wyllt gacwn, ac yn bloeddio ar Saran,

"Dwi ddim yn hoffi dy agwedd di, merch i! Dwi am siarad â'r rheolwr ar unwaith..."

Aeth pethau o ddrwg i waeth gan fod y tarantiwla ar goll. Fe fynnodd y rhieni weld Brad, ac wedi peth dadlau a gweiddi mawr, galwyd yr heddlu.

Hanner awr wedi hynny, cyrhaeddodd yr heddlu mewn car brechdan jam. Wrth iddyn nhw gerdded i mewn trwy'r fynedfa, fe adawodd bron pawb a oedd yn eistedd yn y caffi. Sôn am golli busnes! Heb oedi aeth y staff i gyd gan gynnwys yr heddlu ati i geisio dod o hyd i'r tarantiwla, oedd yn dal heb ddod i'r golwg. Yr ofn mwya oedd y gallai fod wedi dringo i'r bowlen salad, ac wedi cael ei roi mewn bynsen gyda byrgyr heb i neb sylwi a... A dweud y gwir, roedd y peth yn rhy ofnadwy i feddwl amdano.

Roedden nhw'n ailddechrau chwilio'r gegin, Tomos yn pysgota yn y saim tsips gyda gogor, y bagiau sbwriel ar ôl y te parti wedi eu gwagio ar hyd y llawr i gyd a Mela a Blod ar eu gliniau yn eu canol. Roedd Gwen wedi tynnu ei hofyrôl a'i theits a'i siwmper ac yn eu hysgwyd yn wyllt pan gyrhaeddodd Chuck y Sheriff i mewn drwy ddrws y cefn! Ac roedd yr olwg ar ei wyneb yn dweud nad oedd erioed yn ei holl ddyddiau wedi gweld dim byd tebyg yn yr un o gaffis byrgyrs yr Express Corporation yn America fawr i gyd...

"Beth sy'n digwydd yn fan ma?" gofynnodd yn dawel ond yn fygythiol. "Ble mae Brad?"

Dechreuodd pawb chwilio am Brad wedyn, yn ogystal â'r tariantiwla, achos erbyn meddwl doedden nhw ddim wedi ei weld ers meitin. Manteisiodd Saran ar y cyfle i gloi drws y storfa a rhoi'r allwedd yn ei phoced cyn brysio allan i'r maes parcio gan alw "Brad! Brad, lle rwyt ti?" fel rhywun yn galw am ei gi.

Ar hyn, a Chuck y Sheriff yn holi Tomos fel barnwr i geisio cael gwybod beth oedd wedi digwydd, daeth cnoc ar ddrws y gegin. Agorodd Chuck Sheldon y drws yn ddiamynedd. Cwnstabl Gari Thomas oedd yno yn dal y tarantiwla'n ofalus gerfydd un o'i goesau blewog. Roedd wedi dod o hyd iddo'n llechu tu ôl i gacen pen-blwydd Megan.

"Co fe," cyhoedd yn falch. "Un mowr fyd."

"My god," meddai Chuck a chryndod yn dechrau dod drosto. Doedd dim posib dweud ai ei dymer ynteu ofn y tarantiwla oedd achos y cryndod. "I thought I'd seen it all. Brad," meddai'n gas. "BRAD. I'R SWYDDFA! NAWR."

Roedd Brad wedi ymddangos yn nrws y stafell fach lle'r oedd y parti wedi cael ei gynnal a golwg dyn ar fin mynd i gael ei grogi arno fe. Roedd ei steil gwallt Affro wedi mynd i edrych yn llipa i gyd a llwch a baw ar ei ddillad ar ôl bod ar ei fola yn chwilio am y tarantiwla coll. Ymlusgodd yn araf i gyfeiriad y swyddfa a'i ben yn hongian. Edrychodd pawb yn nerfus ar ei gilydd wrth i Chuck frasgamu i mewn ar ei ôl a chau y drws gyda chlep uchel.

Aeth Saran a Mela yn ôl i'r storfa i geisio setlo'r anifeiliaid yn eu caetsys ar ôl y cyffro mawr.

"O, diar," meddai Mela. "Brad ddim yn cael diwrnod neis. Trueni!"

A dechreuodd y ddwy rowlio chwerthin nes bod eu hochrau'n brifo.

Rai oriau wedyn ar ôl i Chuck fynd yn ôl i'w westy i bacio, achos roedd e'n hedfan nôl i Galiffornia drannoeth, mentrodd Brad allan o'r swyddfa i'r caffi gwag. Roedd hi'n hwyr y nos ac yntau'n teimlo fel clwtyn llawr, ond gwyddai fod yn rhaid iddo orffen y slipiau cyn troi am adref. Eisteddodd wrth un o'r byrddau yn y Tebot Express gyda'i baned o siocled poeth, a dechrau cyfri'n ofalus, yn araf a phwyllog.

Yn fuan ar ôl dechrau cyfri, sylweddolodd Brad bod rhywbeth o'i le. Doedd e ddim yn deall. Oedd e wedi cyfri'n anghywir? Roedd e'n teimlo'n flinedig a suddodd ei galon. Roedd deg punt union i'r geiniog ar goll!

Edrychodd ar y cloc. Roedd hi'n hwyr iawn. Ond, roedd yn gwybod bod yn rhaid iddo gyfri y slipiau unwaith yn rhagor er mwyn gwneud yn siŵr bod dim camgymeriad. Aeth i wneud paned arall o siocled poeth iddo'i hun ac estynnodd yn slei am y fisgeden siocled un-ochrog olaf un. Trodd y radio ymlaen ar orsaf radio Classic FM. Roedd y gerddoriaeth glasurol, hamddenol yn gwneud iddo ymlacio a theimlo ychydig yn well. Yna dechreuodd ailgyfri'r slips yn araf a phwyllog.

Ar ôl gorffen ailgyfri'r slipiau am y trydydd tro, sylweddolodd nad oedd wedi gwneud camgymeriad. Roedd deg punt yn union i'r geiniog ar goll!! Eto. Cofiodd yn sydyn am Gwen. Cofiodd iddi fod yn cwyno am ei thâl ychydig ddiwrnodau yn ôl ac roedd wedi codi twrw am ei fod wedi talu rhy ychydig am y Tebot. Byddai'n rhaid iddo fynd at wraidd y broblem yfory. Doedd ganddo ddim owns o amynedd i olchi ei gwpan heno felly taflodd hi i'r sinc. Tynnodd allwedd y Tebot Express o'i boced a chloi'r drws. Cerddodd ar draws y ffordd i Dafarn y

Sosban i foddi ei ofidiau mewn peint neu ddau neu...

Y bore canlynol teimlai Brad yn ofnadwy. Roedd ei ben yn troi fel top. Roedd wedi cael mwy na pheint neu ddau y noson cynt. Doedd e ddim mewn hwyliau da o gwbwl ac fel llawer un mewn trwbwl ei adwaith cynta oedd ymosod ar rywun arall.

Galwodd ar Gwen i'r swyddfa.

"Mae gen i asgwrn i grafu efo ti Gwen!" meddai'n flin.

"Beth wyt ti isie? Mae rhai pobol yn trio gweithio yn y lle ma! Bydd rhaid i ti fod yn sydyn."

"Fi ydy'r rheolwr fan yma. Fi sy'n deud wrthot ti beth i'w neud!" gwylltiodd Brad. Roedd ei wyneb yn goch erbyn hyn. Eisteddodd Gwen ar y gadair agosaf. Roedd hi'n dechrau poeni.

"Ron i yn cyfri'r slipia neithiwr, ac mi sylwais fod deg punt ar goll. Wyt ti yn gwybod unrhyw beth am hyn Gwen?"

"Wyt ti'n fy nghyhuddo i o ddwyn?" cynhyrfodd Gwen.

"Ella wir!"

"Rwy'n rhoi'n notis te. Bydda i'n gadael wthnos i heddi."

Herciodd Gwen at y drws a'i agor ac yna ei gau'n glep ar ei hôl, gan adael Brad yno'n gegrwth ond heb fod yr un mymryn nes at ddal y lleidr.

A nawr, ar ben popeth, roedd e wedi colli aelod o'i staff. Yr un oedd â'r jobyn o lanhau'r toiledau. Byddai'n haws cael rheolwr newydd na rhywun i lanhau toiledau.

Roedd hi'n ddistaw fel y bedd yng nghaffi'r Tebot Express. Yr unig gwsmer roedden nhw wedi ei weld ar ôl helynt y te parti oedd Wil ac roedd e wedi gadael yn sydyn gynnau. Eisteddai'r staff i gyd wrth y bwrdd agosaf at y cownter yn yfed te ac yn gwrando ar Gwen yn dweud ei hanes. Nawr, gan ei bod hi wedi rhoi ei notis, doedd dim ots ganddi beth roedd hi'n ei wneud a dyna ble'r oedd hi'n smocio sigâr ac yn gollwng y llwch i ganol y plât donyts. Tra oedd hi wrthi yn mynd drwy ei phethau agorodd drws y caffi a throdd pawb i edrych.

A dyna ble'r oedd Wil yn gafael mewn papur deg punt yn ei law.

"Fe wnaeth un ohonoch chi roi deg punt yn ormod o newid i mi ddoe. Mi ffeindies i wrth fynd drwy fy waled neithiwr," meddai. Rhoddodd y deg punt ar y cownter yn daclus a cherddled allan o'r caffi yn frysiog heb gymryd paned na dim byd i'w fwyta.

Gwenodd Gwen a chymerodd y deg punt gan frasgamu i swyddfa Brad.

Agorodd y drws gan chwifio y deg punt yn yr awyr. Gollyngodd y deg punt ar ddesg Brad.

"Dyma dy ddeg punt gwerthfawr di. Rhoddodd rywun ormod o newid i Wil ddoe."

A cherddodd Gwen allan o'r swyddfa gan adael Brad yn syllu ar ei hôl. Fyddai e ddim wedi codi i ymddiheuro iddi chwaith heblaw bod rhyw sŵn gweiddi mawr wedi dod o gyfeiriad y caffi yn annisgwyl iawn. Mynd trwodd i fusnesa wnaeth e, heb feddwl syrthio ar ei fai.

"Ceri! Cariad! Croeso!" Clywodd Brad y llawenhau cyn iddo gyrraedd y caffi a gweld Ceri yno yng nghanol y criw a phawb yn gwneud ffws mawr ohono. Go brin fod y mab afradlon ei hun wedi cael mwy o groeso. Roedd Saran a'i braich amdano a Tomos yn eu guro ar ei gefn fel hen ffrind. Trodd Ceri pan glywodd sŵn traed Brad.

"Hai," meddai, "dwi nôl."

"Allan â ti," meddai Brad. "Does yna ddim job i ti yma, sonny boy. Cest ti'r arian carioci yna trwy dwyllo…"

"Naddo," heriodd Ceri yn dawel ond yn sicr. Trodd i wynebu Brad a daeth llygedyn o heulwen drwy'r ffenest i ddangos yr aur yn ei wallt hir. Dim mor annhebyg â hynny i Owain Glyndŵr.

Ac mi ddest ti ag anfri ar yr Express Corporation a'r United States of America gyda'r araith wrth Americanaidd yna…"

"Do, gobeithio. Ond nid cymaint â ti, Douane."

"Douane? Ti ddim wedi bod odd' ma yn ddigon hir i anghofio'i enw fo!" chwarddodd Tomos.

Anwybyddodd Ceri fe.

"Douane Cartwright?"

Trodd pawb i syllu'n hurt ar Brad.

"Bues i'n gneud tipyn bach o ymchwil tra bues i bant. Ymchwil i hanes yr Express Corporation. Ar y we yn y llyfrgell. A ffeindies i bethe diddorol iawn."

"Fel beth?" prepiodd Tomos. "Mai cig ceffyl sy yn y blydi byrgyrs afiach na?"

"Na," meddai Ceri'n araf. "Fel bod yna restr o ddefed duon sy wedi twyllo'r cwmni. Ac mae dy enw di ar y rhestr yna, on'd yw e, Douane? "

"Ond sut na fydde Chuck yn gwybod?" gofynnodd Blod yn syn.

"Achos bod America a'r Express Corporation yn rhy fowr," atebodd Ceri. "A ta beth, ar wefan rhyw bapur bach taleithiol yng Nghaliffornia weles i'r llun a hanes yr achos llys. Mae'r steil gwallt yn wahanol, a'r mwstas wedi mynd ond ti oedd e, ontefe Brad?"

Ond er bod Brad yn edrych fel dyn oedd wedi bod

trwy frwydr erbyn hyn, ac wedi colli, roedd ganddo un ergyd farwol ar ôl.

"Mae'r Big Boss newydd fod ar y ffôn o'r States," cyhoeddodd. "Mae'r Tebot Express yn cau."

pennod 11

Funudau wedyn yn y Tebot Express roedd y staff i gyd yn cwyno a phryderu ymysg ei gilydd. Doedd dim hanes o Brad, a sylwodd neb ar Ceri'n llithro allan yn ddistaw. Trodd Blod at Tomos.

"Beth ti'n meddwl neith ddigwydd i ni nawr te, Tomos? Wyt ti'n credu y bydd y Tebot Express yn cau? Beth wna i wedi colli'n jobyn?" cwynodd Blod yn drist.

"Dwi'm yn gwybod nagdw!" atebodd Tomos yn bigog, cyn ochneidio a dweud, "Sori Blod. Wedi blino ydw i. A hefyd y pwysa sy wedi bod arno ni y dyddia hyn. Wyddost ti, ron i wastad wedi meddwl fod na rwbath yn doji efo Brad."

"Oeddet ti nawr?" meddai Blod yn goeglyd. "Trueni na fyddet ti wedi gweud rhywbeth yn gynt te. Byddet ti wedi arbed fi rhag colli lot o chwys dros y byrgyrs a'r sglods pe bait ti wedi gweud rhwbeth."

"Ocê, ocê, don i ddim yn gwybod. Ond pan dw i'n meddwl am y peth, mae o'n dod yn fwy a mwy amlwg i mi. Sut yn y byd nes i syrthio i'r fath drap?"

"Yr un ffordd â phawb arall ohonon ni. Twyllodd y diawl na bob un ohonon ni, a nawr, mae e jest wedi mynd, heb weud sori na dim. Beth bynnag, dwi moyn mynd i siarad â Ceri i ddiolch iddo fe am weud wrthon ni pa fath

111

o... fath o... gachgi odd yn arfer bod yn fòs arnon ni. Wyt ti am ddod da fi?" gofynnodd Blod.

"Iawn. Lle mae o? Roedd o yma ddau funud yn ôl." Torrwyd ar draws Tomos gan ddrws blaen y Tebot Express yn gwichian agor, a phwy ddaeth i mewn ond Ceri... a Cheri arall.

"Ies, dwi'n teimlo'n chwil! Be oedd yn y te na, dwch? Dwi'n gweld dau ohonat ti!" meddai Tomos.

"Grondwch," meddai Ceri wrth bawb. "Dyma fy efaill i – Max. Maxine." Cyflwynodd Ceri Max, a phawb yn syllu'n hurt ar y ddau. Edrychai Max yn swil, a dechreuodd wrido wrth iddi deimlo llygaid pawb yn edrych arni'n rhyfedd.

Roedd hi'n ferch denau a braidd yn llwyd, yn gwisgo jîns wedi ffêdio, a hen siwmper dyllog. Mi roedd hi'n hynod o debyg i Ceri. Roedd ganddi lygaid glas, gloyw, a gwallt cwta, cwta golau. Sylwodd Tomos ei bod hi hefyd yn ddel, ac fe fachodd ar y cyfle i fynd i siarad â hi cyn pawb arall. Aeth Saran hefyd ati. Roedd ar bigau'r drain eisiau clywed esboniad Ceri pam nad oedd wedi yngan gair fod ganddo fe chwaer, heb sôn am efaill.

"Wel, wel. Beth yw hyn te? Pam na wedest ti ddim Ceri? Ron i'n meddwl ein bod ni'n ffrindie."

"Ryn ni yn ffrindie Saran," mynnodd Ceri.

"Wel, mae'n amlwg nad ydyn ni, neu fe fyddet ti wedi gweud rhywbeth," atebodd Saran yn flin.

"Plîs paid â beio Ceri," crefodd Max, a oedd wedi dod i achub cam ei brawd. "Y... Saran ife? Dim ond isie fy helpu i odd e..."

"Oreit, mae'n oreit. Dwi'n eich credu chi. Sdim rhaid i ti weud rhagor, wir nawr. Sori Ceri, dylen i fod yn gwbod na fyddet ti'n cuddio rhywbeth pe na bai rhaid.'

Gwenodd Saran, cyn llusgo'r ddau a Tomos i eistedd wrth y bwrdd er mwyn cael siarad yn iawn. Erbyn hyn, roedd y tawelwch wedi'i dorri, a'r bwrlwm siarad pryderus wedi dechrau eto.

Ymunodd Blod gyda nhw a syllu'n fanwl ar Max, a oedd yn eistedd gyferbyn â hi wrth y bwrdd. Aeth i feddwl am y noson carioci. Oedd, roedd llais Max yn swnio'n eithaf cyfarwydd. Na, doedd bosib, meddyliodd Blod. Ond eto...

"Max...?" gofynnodd Blod yn ofalus... "Ychydig o wythnose'n ôl, rodd noson garioci ma, ac fe enillodd rhyw ferch ddierth. Ma da fi deimlad taw ti odd y ferch na, achos rwyt ti'n swnio'n hynod o debyg iddi."

"Dyna pam, achos fi odd hi!" chwarddodd Max.

"Ond pam roeddat ti'n gwisgo disgeis ta, Max? Mi fydda pawb wedi bod wrth eu bodda i weld dy wynab del di!" meddai Tomos yn glên, gan roi winc fach arbennig iawn iddi.

"Am fod Brad wedi rhoi sac iddi ar y diwrnod cynta," meddai Gwen yn graff. "Fydde fe byth wedi rhoi cyfle iddi gystadlu wedyn."

"A hefyd," dechreuodd Ceri'n bryderus, gan frathu ei wefus. "Ma Max a fi wedi dechre casglu arian er mwyn iddi hi allu gadael cartre Mam a dod i fyw mewn fflat yma da fi. So Mam yn dda iawn am edrych ar ôl ei hunan heb sôn am Max hefyd..."

"Mae clefyd siwgwr arna i," esboniodd Max. "Diabetes? Mae e'n wael weithie. Na pam ges i sac gan Brad y diwrnod cynta. On i fel clwtyn llawr. Wedi gadael yr inswlin gartre."

"Rodd rhaid i ni gâl arian o rywle glou ac roedd syniad y carioci'n gyfle rhy dda i ni ei golli. Ryn ni'n dal angen casglu mwy o arian, ond ryn ni tua hanner ffordd nawr."

"Roeddat ti'n canu'n wych Max! Dylset ti feddwl am fynd yn broffesiynol cyn bo hir." Winciodd Tomos arni eto. Rodd e'n amlwg yn ei ffansïo hi'n barod.

"Wir?! Wyt ti wir yn credu y bydden i'n gallu canu'n broffesiynol?" ebychodd Max mewn syndod. Nodiodd Tomos ei ben yn bendant. "O waw, diolch... y Tomos ife?"

"Ia. Mi alla i ei weld o rŵan – dy enw di mewn goleuada llacha..." Torrwyd ar draws Tomos am yr ail waith, gan sŵn drws y Tebot Express yn cael ei daflu ar agor. Roedd pawb yn rhyw hanner disgwyl gweld Brad yn ei ôl, a'i gynffon rhwng ei goesau. Ond y tro hwn Wil oedd yno. Amneidiodd ar Gwen a daeth hi draw ato ar unwaith a chydio yn ei fraich.

Distawodd y caffi'n syth bin. Roedd rhyw olwg ar y ddau fel be bai ganddyn nhw rywbeth mawr i'w ddweud.

"Mae Wil newydd ddod o'r banc," cyhoeddodd Gwen.

"Do, a ryn ni... y Gwen a fi a thaid Mela, Mogs Bryn Dewin, wedi cynnig cymryd y lle hyn drosodd," gorffennodd Wil.

"Bîff Cymru am byth," gwaeddodd Mela.

"Ac," ychwanegodd Wil, "ryn ni wedi bod ar y ffôn gyda Llundain ac America, ond a gweud y gwir, gaethon ni ddim lot o wybodeth."

"Yr unig beth rydyn ni yn ei wbod yw ein bod wedi rhoi cynnig am y Tebot Express, ac y bydd yn rhaid i ni aros i weld a fydd e'n câl ei dderbyn," meddai Gwen yn dawel.

"Felly be ma hyn yn i feddwl, Nain?" holodd Tomos yr union gwestiwn oedd ar feddyliau pawb y funud honno. "Ydyn ni'n cael cadw ein swyddi ta be?" holodd eto, gan fynd ati a rhoi ei fraich amdani'n annwyl.

"Sa i'n siŵr, bach. Sa i'n siŵr," atebodd hithau'n benisel gan ochneidio eto.

Fore trannoeth cyrhaeddodd tacsi rhydlyd, hyll tu allan i'r mobeil hôm yn y Borth lle'r oedd Brad wedi treulio'r wythnosau diwethaf. Doedd dim hanes o'r Mercedes arian heddiw. Wrth i yrrwr y tacsi ddechrau canu ei gorn brysiodd Brad i orffen pacio ychydig o fân bethau: potel gin fawr, ei ddici bô a'i toxedo, a llun ohono'i hun tu allan i anferth o far byrgyrs mewn rhyw dre heulog yn yr Unol Daleithiau a gwên fawr hapus ar ei wyneb. Estynnodd ei waled i tsiecio bod ei docyn teithio yn dal yno a chodi llaw ar yrrwr y tacsi i ddangos ei fod yn barod. Yna mwmialodd dan ei wynt. "And I'm still pursuing that American dream, man."

Ond roedd ganddo un jobyn bach arall i'w wneud cyn dringo i'r tacsi. Aeth at y polyn a safai gerllaw y garafan a mynd ati i dynnu baner yr Unol Daleithiau i lawr gan sychu deigryn bach o'i lygad wrth wneud. Rowliodd hi'n dwt a gofalus wedyn, a'i phacio yn ei fag.

Yn nes ymlaen y bore hwnnw, cyrhaeddodd staff y Tebot i gyd yr orsaf bysiau i ffarwelio â Brad. Roedd y caffi ar gau am y diwrnod. Fel anrheg ffarwel, rhoddodd y criw lun ohonynt eu hunain ar y noson garioci ar ffurf tebot, wedi ei lofnodi. Cyflwynodd Tomos anrheg ar eu rhan gan ddweud, "Wnawn ni mo d'anghofio di, Brad, tra bydd na sôs coch ar fyrgyrs a tra bydd Elvis yn frenin. Cym ofal ar y daith." Ac yna ychwanegodd yn dawel iawn dan ei wynt. "A beth bynnag wnei di, paid â dwad yn ôl."

Aeth y criw yn eu blaenau am dŷ Wil wedyn, fel y

trefnwyd, i gael mwy o hanes y trafodaethau gyda'r cwmni, gan ffarwelio dros dro efo Blod a Saran oedd yn gorfod picio'n ôl i'r caffi. Roedd fan o'r Pili Palas yn dod i lawr yr holl ffordd o Sir Fôn i'w cyfarfod yn y Tebot Express. Roedden nhw wedi bod yn garedig iawn ac wedi cynnig cartref i holl anifeiliaid Saran. Er nad oedd am ffarwelio â nhw, teimlai nad oedd ganddi ddewis. Allai hi ddim fforddio eu cadw ar ôl colli ei swydd, a doedd ganddi unman i'w cadw chwaith.

Wrth i lanc y Pili Palas orffen rhoi'r anifeiliaid yn y fan, ac estyn am gaets Llew y llygoden fawr, dechreuodd Saran grio fel petai wedi colli ei ffrind gorau. Cysurodd Blod, Saran, gan ddodi ei braich o'i hamgylch. Safodd y ddwy i godi llaw ar y fan wrth iddi gychwyn. Roedd popeth mor dawel â'r bedd, heblaw am sŵn crio Saran.

Ond yna, wrth i Saran a Blod gychwyn am dŷ Wil daeth bachgen ifanc smart gyda chap pig a chrys T gyda "Burgers are the Food of the Future" wedi'i ysgrifennu arno mewn llythrennau mawr coch allan o gar mawr swel oedd yng nghanol y maes parcio a cherddded ati. "Codwch eich calon, Miss Saran Phillips achos byddwch ar ben eich digon pan glywch chi hyn ..."

Stopiodd Saran grio am funud ac edrych mewn syndod ar y dyn.

"Oeddech chi'n ymwybodol eich bod chi, dridiau'n ôl wedi gwerthu'r 1,000,000,000fed byrgyr ym Mhrydain?"

"Na. So what?" oedd ymateb Saran.

"So What? So What? Rydych chi wedi gwerthu'r 1,000,000,000fed byrgyr felly mae eich busnes chi yn ennill cyflenwad blwyddyn o fyrgyrs!" Dim ymateb wrth Saran. "Cyflenwad blwyddyn!!"

"Llysieuol? Os nad ydyn nhw, dwi ddim yn eu derbyn

nhw te!" Doedd Saran ddim yn fodlon aberthu ei chred eto.

"O, dere mlan Saran," ceisiodd Blod. "Alli di eu gwerthu nhw i rywun arall."

Ond roedd Saran yn benderfynol: "Os nad ydyn nhw'n rhai llysieuol, yna dim byrgyrs!" Roedd hi'n eitha styfnig. Sylweddolodd Blod mai'r unig ffordd fyddai ceisio gwneud dêl gyda'r pishyn oedd wedi dod â'r newydd da i Saran.

"Pwy wyt ti, te?" gofynnodd Blod iddo gan wenu'n ddeniadol. "Postmon byrgyrs, ife?"

"No way. Mab y bòs. Jobyn gwylie ha."

"Rownd y cefn mewn pum munud," sibrydodd Blod wrtho gan wincio a rhoi tro pryfoclyd yn un o'i phigtêls.

Ac yno y cafodd y fargen ei selio ac y llwyddodd Blod i berswadio'r pishyn oedd wedi dod â'r newyddion da i Saran i roi siec gwerth £2,000 o bunnau i'r Tebot Aur yn lle cyflenwad blwyddyn o fyrgyrs.

Roedd Wil a Gwen wedi meddwl cael parti bach syml i ddathlu eu bod wedi dyweddïo ond roedd y Tebot Aur yn llawn dop o ffrindiau a phawb yn cael miloedd o hwyl. Roedd Tomos yn eitha sigledig ar ôl cael gormod o laeth mwnci ac yn rhoi gormod o sylw i Max a Saran bob yn ail. Sylweddolodd Blod fod Saran angen help i ddianc a llwyddodd i gael gwared ar Tomos.

"Dere i iste lawr da fi," dywedodd Blod. Dilynodd Saran hi fel ci ufudd ac eisteddodd y ddwy yng nghornel yr ystafell yn yfed sudd oren.

"Mae e'n barti bril, on'd ydy e?" oedd sylw Saran yn frwdfrydig. Cofiodd Blod y tro cynta iddi gwrdd â hi ac iddi feddwl bod Saran yn un o'r bobl na oedd byth yn gadael y tŷ. Gwenodd. Doedd dim pwrpas anghytuno mewn parti da a'r chwaraewr CD's yn bloeddio. Diolch byth nad ydyn nhw ddim yn chwarae Shirley Bassey, meddyliodd Blod cyn gweiddi dros y sŵn.

"Dwi'n meddwl mynd i goleg yn Ffrainc – yn Toulouse – er mwyn dysgu chwarae rygbi'n broffesiynol." Welodd Blod mo wyneb Saran yn disgyn wrth iddi ychwanegu. "Os bydda i'n llwyddo, bydd byw a mynd i goleg yn Ffrainc yn edrych yn grêt ar fy CV, os ydw i am fod yn gapten. Cyn hir bydd fy Ffrangeg i'n berffaith!"

Roedd wyneb Saran yn wyn fel y galchen. "Wnei di gadw mewn cysylltiad?" erfyniodd.

"Bien sûr, mon ami, paid â phoeni! Tria di'n stopo i! Beth wyt ti'n golygu gwneud?" holodd Blod.

"'Dwi am fynd yn ôl i'r ysgol a gweithio yma dros y penwythnose. Yna, ar ôl ysgol fe â i gystadlu mewn 'cariocis' ac eisteddfode. Os ca i ddigon o arian dwi'n gobeithio mabwysiadu eliffant yn sw Bae Colwyn. Dwi di ffansïo fe ers oesoedd!"

"Beth?! Ti'n ffansïo eliffant?!"

"O! Paid â bod yn dwp! Mae e mor ciwt!" atebodd Saran. Wrth glywed y ddwy'n chwerthin aeth Ceri draw atyn nhw.

"Be sy mor ddoniol, cariads?" holodd.

"Ma Saran yn ffansïo eliffant!"

"Cau dy geg!" chwarddodd Saran.

Rhoddodd Ceri ei ben i lawr yna edrych i fyny'n gadarn ar y ddwy. Cymerodd anadl ddofn cyn dweud:

"Dwi'n ffansïo dynion. Dwi'n hoyw."

Wrth iddo gyfadde, stopiodd y gân a oedd yn cael ei chwarae ar y chwaraewr CD a throdd pawb i edrych arno. Chwarddodd Ceri yn nerfus gan lenwi'r tawelwch.

"Mae o'n reit amlwg," gwaeddodd Tomos. "Cariad!"

Chymerodd neb ddim sylw ohono fe. Daeth y trac nesa ymlaen a dechreuodd pawb unwaith eto siarad a dawnsio. Doedd neb yn malio dim fod Ceri'n hoyw. Rhoddodd Saran gwtsh mawr hir iddo.

Gyda gwydraid arall o fodca a lemonêd yn ei law dringodd Tomos i'r llwyfan, gafael yn y meic a bloeddio, 'Mae'r gân yma i Nain a Wil,' a cheisiodd ganu 'By the Way' gan Red Hot Chili Peppers. Ond doedd y creadur ddim yn gwybod y geiriau a cheisiodd yn aflwyddiannus greu rhai ei hun gan sgrechian cyrraedd y nodau uchel. Roedd wedi meddwi gormod i sylweddoli ei fod yn edrych yn ffŵl. Dechreuodd ddawnsio'n egnïol o amgylch y llwyfan. Doedd neb yn siŵr iawn sut i ymateb i'w berfformiad unigryw. Roedd ambell un yn chwerthin a chlapio a'r gweddill yn edrych ar ei gilydd yn disgwyl i rywun ei lusgo lawr. Yn sydyn, cwympodd Tomos ar ei hyd ar ganol y llwyfan. Rhuthrodd Saran i'w helpu.

"Paid â phoeni, dwi fel ebol blwydd!" slyriodd Tomos. "Dwi isio dal i ganu!" dadleuodd.

"Iawn, mi gana i efo ti," addawodd Saran wrth iddi sylweddoli fod y gân ar fin gorffen.

Wedi iddyn nhw ganu cytgan 'You'll never walk alone' fe gafon nhw gymeradwyaeth fyddarol – llais anhygoel Saran efalle oedd yn gyfrifol am hynny

"Diolch, diolch yn fawr!" meddai Tomos mewn acen Americanaidd. Roedd yn ymddwyn fel petai wedi ennill 'Oscar'. Cododd ei wydryn yn yr awyr a chyhoeddi "I Nain a Wil!" yn ddramatig.

"Nain a Wil," ailadroddodd pawb.

"Be oeddach chi'n feddwl o Tomi bach, Nain?" holodd, yn rêl jarff wrth ddwad i lawr oddi ar y llwyfan.

"Dwi'n meddwl ei fod e'n feddw gaib!" meddai Gwen. "A bydda i'n d'atgoffa i ymddiheuro i Ceri fory."

Yna amneidiodd i gyfeiriad y drws lle'r oedd merch ifanc ddel newydd gyrraedd ac yn edrych o'i chwmpas.

"Co Elin!" meddai. "Elin Mair o'r Co-op."

"Waaw! Slasan handi!" Ni wastraffodd Tomos yr un eiliad cyn ymlwybro draw i'w gyflwyno ei hun a gwên fawr ar ei wyneb.

Trodd Gwen yn ôl i edrych ar Wil a gwenu. Roedd hi'n mwynhau ei pharti a chwmni'r gwesteion. Ond, allai hi ddim peidio â meddwl tybed i ble roedd Brad wedi mynd.

Yn y cyfamser, roedd Brad ar fws Traws Cambria ar ei ffordd i'r gogledd. Roedd am drio ei 'take over' nesa ym Methesda. Roedd wedi clywed am gaffi perffaith – Caffi Cwm Idwal. O fewn dim o dro byddai wedi ei newid yn gaffi 'fast food' sef, Cwm Idwal Express.

Wrth feddwl am y manylion rhwygodd ei locsyn clust ffug oddi ar ei wyneb. Teimlai fod yr hen Frad yn ôl. Tynnodd ei wig 'affro' i ddatgelu pen moel a edrychai fwy fel sosban wedi ei bolisho'n sgleinio yn yr haul!

Gyferbyn ag e edrychodd hen ddynes arno mewn syndod. Y dyn golygus a ddaeth ar y bws yn awr yn edrych fel hen ŵr seimllyd. 'Ych-a-fi!' meddyliodd. Yn enwedig wrth iddo bwyso'n nôl yn ei sedd esmwyth, cau ei lygaid a dechrau rhochian chwyrnu fel mochyn yn uchel a digywilydd. Ei sŵn yn llenwi'r bws a'i ben yn llawn meddyliau am ddyfodol arall amheus.

* * *

"Hmmm," meddai Ceri, gan gydio mewn pot o baent lemwn, "Beth am hwn ar gyfer y lolfa?"

"Dwi ddim mor siŵr," atebodd Max. "Dwi'n ffansïo'r lliw piws gole ma gyda'r border blodeuog welon ni gynne."

Ar hynny teimlodd Ceri rywun yn gwthio troli i mewn i gefn ei goesau. "Hei!" trodd ar ei sawdl yn barod i roi pryd o dafod i bwy bynnag oedd yno, ond gwelodd mai Saran a Blod oedd yno.

"Beth ych chi'n gneud yn B&Q?" holodd Blod.

"Jyst wedi dod i ddewis paent ar gyfer y fflat newydd," atebodd Ceri. "Beth amdanoch chi te?"

"O chwilo am dipyn o flode i'w plannu yn yr ardd ydyn ni. Ych chi wedi symud i mewn i'r fflat to?"

"Na," atebodd Ceri, "ryn ni'n cael yr allweddi ddydd Mercher, ond mae Max a fi'n edrych mlan gymaint ryn ni wrthi'n paratoi a ryn ni'n barod wedi hala ffortiwn ar gylchgrone DIY a…"

"Wel, swt gest ti'r arian yn y diwedd i'w roi lawr ar y fflat?" holodd Saran yn ddiniwed.

Teimlodd Ceri ei hun yn cochi at ei glustiau a phenderfynodd bod yr amser wedi dod iddo ddweud y gwir. Roedd golwg mor euog arno beth bynnag. Llyncodd ei boer cyn dweud, "Wel… wel… wel, ym, … run man i fi gyfadde'r gwir wrthoch chi ddim. Fi wnath ddwyn o'r til ar noson y carioci. Ro'n i mor despret i gael yr arian ar gyfer y rhent. Gobeithio fyddwch chi ddim yn rhy grac da fi."

Disgynnodd gên Saran. "Fyddwn i byth wedi dy ame di o bawb, Ceri. Beth ddath dros dy ben di?"

"Ro'n i'n despret," atebodd Ceri'n llipa.

"Oet ti'n gwbod am hyn, Blod?" gofynnodd Saran yn amlwg mewn braw.

"Wel a gweud y gwir, on."

"Beth! Shwt?" gwaeddodd Ceri, "Pam nest di ddim gweud dim byd?"

"Wel, ym… a gweud y gwir nes i ddwyn chydig hefyd, rhag i neb ame Ceri. Dwi wedi'i gadw fe i gyd yn y storfa. Sori Saran, am adael i Brad gega ar bawb a chyhuddo pawb." Plygodd Blod ei phen. Doedd hi ddim yn gallu edrych yn llygaid Saran o gwbwl. Roedd hi'n gwbod ei bod hi wedi ei siomi.

* * *

Roedd Gwen ar ben ei digon. Edrychodd o gwmpas yr hen gaffi annwyl a gwenu'n llawen ar Mogs Bryn Dewin gan ddweud:

"Diolch o galon i chi am fy helpu i brynu'r caffi yn ôl. Dwi ddim yn gwbod beth bydden i wedi gneud heb eich help chi. Os oes na unrhyw beth y gall Wil a fi ei wneud i dalu'n ôl i chi am y ffafr…?"

"Wel, sa i'n gwbod am Wil ond tybed fyddech chi'n fodlon dod draw i helpu adeg wyna? Mi sylwes i fod da chi ddwylo bach, bach dros ben. Jesd y peth i dynnu oen," atebodd Mogs, a'i lygaid yn gloywi.

"Dim dyna'n union oedd da fi mewn golwg ar gyfer y dwylo hyfryd ma," atebodd Gwen, gan feddwl y bydde fe'n siŵr o fod yn fwy o sbort na glanhau toiledau, "ond os dyna fydde'n plesio, fe dria i ngore. Ych chi'n hapus mod i wedi rhoi job i Ceri yn y caffi?"

"O odw, ar bob cyfri," atebodd Mogs. "Bachgen ffein ofnadw yw e, a dwi'n lecio'r ffordd mae e'n galw pawb yn 'cariad'."

Edrychodd Gwen arno drwy gil ei llygaid, gan ddechrau sylweddoli pa ffordd oedd y gwynt yn chwythu.

"Beth am Tomos te? Ych chi'n hapus gyda fe fel cogydd? Och chi'n gwbod ei fod e'n dilyn cwrs yn y Coleg Technegol i ddysgu coginio rhywbeth heblaw byrgyrs?"

"Da iawn. Dach chi ddim yn gwybod be ddiawl sy'n mynd i mewn i'r petha wedi rhewi hyn. Gwell i chi gael cig Bryn Dewin o lawer fel y byddwch chi gwybod beth rych chi'n roi yn ych ceg. A dwi'n falch ych bod chi'n cadw'r caffi gyrru-trwodd. Roedd hwnna'n handi iawn i fi adeg cneifio, pan odd na ddim amser i neud pryd iawn yn y tŷ co."

Ar hynny daeth Wil i mewn a'i wynt yn ei ddwrn hefo copi o'r papur lleol yn ei law. "Gwrandwch ar hwn te! Rych chi di cael ych enw yn y papur newydd yn barod. Rodd rhywun wedi bod ma ar y noson gynta ac mae e wedi ysgrifennu erthygl."

Tynnodd Gwen y papur o'i law yn eiddgar a dechrau darllen:

BLYS A BLAS
PRYD BLASUS GYDA GWEDD GYMREIG
"Neithiwr cefais y pleser aruthrol o fynd am bryd o fwyd i gaffi Y Tebot Aur Newydd. Roedd dewis da o brydau Cymreig ar y fwydlen, fel Cawl Cennin, Lobsgows, Byrgyrs Cig Oen, a'r cyfan wedi eu paratoi drwy ddefnyddio cig blasus lleol. I bwdin roedd yna ddewis o fwydydd traddodiadol yn cynnwys Teisen Gri a Llaeth Enwyn, Bara Brith a Jam Coch, Pwdin Bara Menyn, Pwdin Reis, Cacen Afal a Chwstard. Roeddwn i wrth fy modd gyda'r dewis a gyda safon y bwyd!"

Rhoddodd yr erthygl fanylion am yr hyn a gafodd y gohebydd papur newydd i'w fwyta, gan ganmol popeth i'r cymylau. Roedd gwaith Tomos wedi plesio'n arbennig, ac roedd yn awgrymu y byddai'n well i Dudley wylio rhag colli ei waith ar y teledu!

Roedd Gwen ar ben ei digon. Trodd at ei phartner, Bryn Dewin, a dweud, "Mogs bach, ryn ni'n tri'n mynd i wneud ein ffortiwn yn y caffi ma!"